JN213217

クマさんと宝(たから)くじ

藤(ふじ) あきら 作
アンヴィル奈宝子(なほこ) 絵

CHOEISHA

クマさんと宝くじ　目次

クマさんと宝(たから)くじ

第一章　買ったのは、だれ？

一、ショッピングセンターの前で

土手に立つと、あたしは両手を真上にあげて、うーんと伸(の)びをする。

気持ちのいい五月の日曜日、あたしとミッちゃんは土手のそばのショッピングセンターの駐車場(ちゅうしゃじょう)まで自転車で来て、そこからお店に入る前に土手に上がってみたのだ。

「ここって大好き。開放的だもん」

あたしはミッちゃんにまぶしそうに目を細めて笑った。

ミッちゃんも、気持ちよさそうに大きくうなずく。

土手の岸辺のアシ原の向こうに薄青(うすあお)く涼(すず)しげに大川の川面(かわも)が耀(かがや)いている。

駐車場の車はまだまばらだ。土手の道の上には道標があり、御影石(みかげいし)で「河口(かこう)から

第一章　買ったのは、だれ？

二・一キロ」と刻まれている。対岸のアシ原は広々とした草の原っぱに整備されて、秋にはコスモスのピンクや白や赤の絨毯になる。その上流部には桜の堤がずっと伸びている。春にはピンクの靄のような満開の桜が人々を迎える。

ときおり川下から吹き寄せる海風がすごくここちいい。

振り返ると遠く指先の先に山裾を優美に広げて神々しく峻烈な複式火山の妙香山が青く煙っている。昔は修験道の聖地だったという厳しい峰だ。

「ねえ、るみ、知ってる？」

ミッちゃんが顔を向けて話しかけてきた。

「この間ね、この土手の道の上に真っ黒い大きなかたまりが寝そべっているのを目撃したんだよ。向こうから自転車でやってきたおじいさんがね、見ていたらさ、その黒いかたまりの直前でぴたっと自転車を止めて、片足立ちして、しばらくじっとそれを見下ろしていて、それからやっと、それを、う回してね、こっちに来た。

そのおじいさん、あたしとすれ違いざまにこう言うの。

『お嬢さん、あいつは大物だぞ！』って。

その真っ黒いやつ、てっきり犬かと思っていたら、少ししてむっくり体を起こしてゆうゆうとアシの中へ歩いて行ったんだけど、それ、タヌキだった！　それも見たこともないほどおっきいタヌキ！　ビックリして、わたし、笑っちゃった」

あたしは、へーって、目を丸くした。

「なんでここにタヌキがぁー？」

「ねっ、すごいでしょ、ふふん！」

「あのさ、信じられないけど、大昔の神話の時代、森の動物たちはみんな巨大で人間たちにとって神だったっていうジブリのアニメあったよね。ひょっとしたらそれかなって思った。ここさあ、ときどきなんかヘンなんだよ。いつかはね、ホウキに乗った魔女が飛んでいたみたいに、姿は見えないんだけど真下の川面がスーって筋を描いて波が走って行くの。きっと魔女は海に向かっていたんだ、その風が川面を波立たせたんだと思う」

アニメ映画が大好きなミッちゃんは、ときどきそんなことを言う。

ちょっと怖い気もするけど、まっ、想像するのは自由だから。

ツバメが真っ青な空を、自由自在に黒いえんぴつでいたずら書きしながら、紙飛行機みたいにひらりきらりと飛んでいく。ふと気がつくと、目の前の地面に一羽のツバメがちょこんと降りて、とことことことと燕尾服の先っぽを振ってこっちに歩いてきた。

えっ、ありえない？

髪をピタッときめて、首をかしげて、じっとこっちを見ている。

「るみ、なんかさ、このツバメさん、『二人をツバメの王国にご招待します』って言ってるみたいなんだけど、どうするぅー？」

「はあー？　まーさかぁ？」とあたしは笑ったけど、たしかに空中を飛び回るツバメが目の前の地面にちょこんと降り立つのはヘンだし、なんか、さも、あたしたちに用事があるっていうふうしか思えない。なんでしょうか？

ツバメはいたずらっぽく返事を待っているみたいだ。

あたしたちは無視することにした。だってどうしようもないじゃん？

「でもさ、ツバメの王国って、あの白い雲の上にあるのかな？」

「うーん、そだね。きっと風の国だよ」

「風に乗ってびゅーん、びゅん」

「白い雲でかくされた天空の王国へ、さあ、お嬢様たち、ご招待申し上げます」

「すごーい。ツバメの王様の前にあたしたち、出て行くんだ。王子様とお姫様がいて、わたしたちと友だちになって下さい、なんて言われたりして。きゃっ、夏の風に乗ってツバメさんと手をつないで雲の間を飛んでいくんだー、気持ちよさそー！」

「そだね、きっとそーだよ」

ミッちゃんは、わーいと腰を下ろしたまま、両手を空に向けて真上の雲を仰ぎ見た。

幸せな気持ちって、きっとこういう時のことだ。

あたしたちはときどき、いろんなことを空想しておしゃべりする。

あたしたちは仲良しだ。


で、ふたりで土手を下りて、ショッピングセンターのジェラート売り場に向かおうとした。ことしの春はあっという間に終わって、すぐに夏が来たみたいで、まだ初夏なのに気温が二八度とかになっちゃう。あんまり暑いと、くらくらして蜃気楼が見えそう。

ショッピングセンターの入り口の横の、ふだんはあんまし気にしない「よく当たる『宝くじ売り場』」って書いてある赤いとんがり屋根のボックスの前で、マイクを持ったおじさんがなんかしきりに呼びかけていた。

第一章　買ったのは、だれ？

「さあさ、みなさん、ご用とお急ぎでない方は、いえいえご用でもお急ぎの方でも、ぜひぜひ寄ってらっしゃい、聞いてらっしゃい、そこのおじいちゃんも奥様もお嬢さんもみなさん、お耳をかっぽじってよーくお聞きください。

ふうてんの寅さんではありませんがね、わたしゃもうこの商売、うん十年で、いつもいつも言ってるんですが、宝くじってのはね、買えば必ず当たるんです。

そうなんですよー。えっ？　みなさん、まさかって思ったでしょ、いま、うそだろーって、宝くじなんて買ってもぜーんぜん当たらないじゃん、なんて思ったでしょう。あなたね、言っておきますが、そんなネガティブな考え方じゃ未来は開けませんよお！

違うんだなあー。みなさんお疑いになるけどね、実はね、特別に秘密をお話ししちゃうとね、まあ、いつも言ってるんですけど、宝くじは、買えば必ず当たるんです。間違いなく、絶対にね。だってその証拠に必ず当たる人がいるわけでしょ。

つまり、誰かに必ず当たる。それがあなた、あなたじゃないってどうして言えるんです？　なんの根拠もないじゃありませんか！

つまりあなたが買えば、きっとあなたに当たる、そういう前向きな、ポジティブな考え方がね、こんな時代、人生を救うんですよ。ちっぽけな偶然が幸運を引き寄せる。そういうことって、あるでしょう？　もし、ウソだと思うなら、買わないで当たった人はいましたか？　いないでしょう？　当たった人は全員、すべて宝くじを買った人です。どうです、おわかりでしょ。買った人が当たるんです。だって当たるように抽選してるんだもん。ゼッタイ当たる。アハハ、ね、真実は実にシンプルなるもの。昔の偉い人もそう言ってるじゃないですか。

いまからよーくお考えになってください。買えば必ず当たる、だれかに。それがあなたでないと、だれが言えるんでしょ。そうなら、買わないなんてもったいないじゃないですか！」

近くを歩いていたおじいさんが立ち止まって、

「うーん、よくわからん！　なんだかごちゃごちゃしてきた……」とつぶやいた。

「オレオレ詐欺じゃありませんからね。宝くじを売っているのは大通りのおかたい銀行で信用はもう、ばっちり。しょうしんしょうめい自分の髪、じゃなかった、氏素性のはっきりした確かな銀行の豪華宝くじ。心配はありません。買えば海路の日和かな、名言ですなあー。買わなければ当たらない、買えば当たる。ねっ。おわかりでしょう？」

なんか信用おけないおじさん、ってあたしは思った。

だって「宝くじって町とか県とかお役所が発売するのよ」ってママが言っていたもの。

銀行の宝くじって言うの、ちょっとヘン。でも特別の宝くじかも。

だっておじさんはこんなことまで言うんだ。

「いいですかあ、これは魔法の宝くじ。あなただけに当たる、あなたのための宝くじ。銀行がそんな魔法の宝くじを売り出したんですよ、アハハハ」

「はあー？」

そのときだった。

駐車場の横の土手のあたりで大きな黒いかたまりがムクッと動いた。

まるでおしっこでもしていて、ふいっと戻ってきたみたいだ。

「ふーん、なるほどな。買えばゼッタイ当たるってわけか……。そうか、なんかわかったぞ、オレ様。うふっ」

ミッちゃんもそっちの方を向いた。

「なんかミツバチみたいな声が聞こえたんだけどさ……」

でも、まわりのだれも気がつかなかったみたいだし、マイクのおじさんもぜんぜん気づかなかったみたいに名調子に酔いしれている。

「ほら、テレビのニュースでよくやるじゃないですか。小学校や中学校に大企業の部長さんとかメダリストのスポーツ選手の先輩たちがね、こう、晴れ晴れとした表情を浮かべてやってきて、講演をする、あれと同じなんですよ。そのとき、きまってこう言いませんか？『みなさん、どんな小さなことでもいいから自分の好きなこと、夢を見つけて、その夢を持ち続けてください。そうすればきっと夢は実現します』って。

これ、ゼッタイに正しいんです。だって夢を捨てずに大変な努力をして夢をかなえたその人、そのご本人がそうおっしゃってるからです。

宝くじも同じなんです。夢を捨てないで買った人だけが当たる。夢をあきらめて買わなかった人には当たらない。これ、シンプルな真実！　みなさん！　夢を捨てたら、それはもう人間じゃない。つまらない人生になってしまう。おわかりでしょ？　夢や希望、愛を捨てさえしなければ、いつか神さまは見ていて、願いは実現する。間違いありません。

ほら、なんか思い当たることありませんか？　そういえばあのとき、あの子を信じていたから、あんなことがあったんだなあーって。これですよ、これ。

宝くじも同じなんです！　アハハ。あたしらのギョウカイでは、これを感動の『宝くじ理論』っていうんですけどね、まっ、なんというか、アハハハハ」

すると、「ほーお」と、さっき疑っていたおじいさんがおもしろがった。

ショッピングセンターの入り口の脇にあるクリーニング店で聞いていた主婦は、ふーん、なんだかヘンテコだわねー、とカウンターの店員さんと笑った。

「……いやいや、今回は銀行の創立一〇〇年記念で一等はなんと一〇億円。前代未聞の大盤振る舞いなんですよ。前後賞でも一億円。こりゃすごい。二等はガクンと下がって三〇〇〇万円、三等は五〇〇〇万ですが、五〇〇〇万円ありゃあ、みなさん、もう十分じゃないでしょうか。そこの奥様！　あたしになんてアタリっこないって思ったでしょ。それが間違いなんです。当たるんですよ、だれかに。ってことはあなた、あなたに、ってことと論理的にはまったく同じことなんですよ！　それに今回は魔法がね、かかってますから！

ぜひ、こうした正しいお考えに立って、チャンスを逃しちゃぁダメなんです。本当にそうなんですよ。買えば海路の日和、そう。あとは野となれ山となれ、あれっ？ちょっと違ったかな、とにかく買うしかないってことが、これでおわかりでしょう！」

うーん、と夏のカンカン帽をかぶった、おなかの出たおじさんが腕を組んで道路の真ん中で立ち止まった。買おうかどうしようか迷っているみたいだ。

あたしとミッちゃんはなんかおかしくて、ぷっ、と吹き出してしまった。

するとマイクのおじさんは、こっちを見て、あっ、ウケたかもと思ったのか、照れ笑いして、通りがかった幼稚園の子どもたちの頭をあわててなでて愛想を振りまいた。

そのときだった。また、向こうの土手の方で、黒い大きなかたまりが、ムクッと動いた。それから「よいしょ」と声を出して土手から駐車場に上って来て、見ると、大きなおなかの上に斜めに引っかけているバッグを引き寄せ、がま口型の財布から千円札を一枚、引っ張り出した。ミッちゃんは目をむいて、あたしの横っ腹をひじで突っつく。

あたしは、えっ、なあに？　とミッちゃんを見た。

ミッちゃんは透き通るような細い指先を反らせてボックスの方を指差している。

そこに「O脚」気味の足の短い真っ黒なヘンなおじさんが立っていた。

「まあ、一〇億円というのは、なんだかわからんが、大金には間違いないんだろ。で、買えば必ず当たるんだなっ。そうなら、オレ様もなっ、買っていいわけだ、なっ！」

マイクのおじさんに向かって、押し気味にぼそぼそと話している。

「えっ、これって、まさか！」

やっと買い物客のおばさん、おじさんたちが気がついて、びっくり仰天した。

「きゃー！」

「おおっ！」

マイクのおじさんもマイクを落としそうになって、腰がおよびごしの「くの字」に曲がった。なんだか真っ青な顔が引きつって目ばかりぎょっとむいている。

近づいてきた真っ黒なおじさんが、ぐっと自分の顔を、ぶっとくて黒くぬれた鼻ごと、おじさんにくっつけて、半開きの恐ろしい牙の見える裂けた口で、こう聞いたのだ。

「で、買えば必ず当たるんだっ？　だろ？」

答えようとするマイクのおじさんの声は、ガクガクふるえていた。

〈まさか、こりゃ、クッ、クマだ！　こっ、こんなクマまでだませるとは……〉

「そっ、そうですとも、もちろんです。買えば必ず当たるんで、だれかに、ですね、っていうか、あなた、とか、それ以外の方とか、ハア、ハア、ハハハ」

おじさんみたいなクマさんにはきっと、ごちゃごちゃした説明はわからない。

再び、ドスの利いた低い声で、

「じゃー、まあ、ゼッタイ当たるわけだなっ」

「っていうか、その、ですから、もちろん、だれかに、必ず当たるわけでして……」

「保証はできるんだろうなっ」

「は？」

「必ず当たるっていう、そのう、保証、そういうのって、あんだろ？」

「いや、ですから、保証っていわれましても、それはですね、抽選ですから、その結果によるのでして、ただ、だれかには、（大きな声で）必ず当たるわけで、それはもうゼッタイ！」とおじさんは首をかしげながらへらへらした笑いで言った。

「ふーん」と、わかったような顔のクマさん。

「まあ、なんていうか、そういう仕組みになっているんで、あたしらはただそのままを正直に申し上げているだけでして、それ以上のことは……。まっ、時にはいろいろ、誤解される方ってのはどこにもいらっしゃいますが、その場合は、まことに申し訳ないのですが、その方の、まあ、なんというか、そのう、じっ、自己責任というやつで……」

「そのジコセキニンというのがよくわからんけど。ゴカイってゲジゲジのこと？」

「はあ？……」

おじさんはなんか必死でがんばっている。

〈このままアイス、行けないよね、動いたら、キケンかもしれないし、それに、もうちょっと見てようよ〉と、あたしたちは目と目でおっかな面白いテレパシーを送りあった。

たしかパパの話では、「宝くじ」の一等が当たる確率なんて何百万分の一くらいのはずだ。この場合、ほんとのことを言ってしまったら大変だ。あのマイクのおじさん、もしかしたらこの場で、怒ったクマに食べられてしまうかもしれない。

〈あたしたちも危なくなったら、一緒に逃げようね〉と、目と目で確認しあった。

「とにかくですね、ダンナ。必ず、（強い声で）あなた様か、（そっと）だれかに、（もう一度強い声で）当たるんです。しつこいと思われるでしょうが、当たるか、当たらないか、当たるか、って聞かれちゃあ、ホントのことを言うしかありませんが、ええ、ええ、それはもうゼッタイ当たるんですよ、いいですとも、私でよけりゃあ保証しますよ！　そんなこと、あなた、誰かに当たるって、当たり前じゃありませんか！」

すっかり「上から目線」で「わけのわからない説明を」脅し口調で言っている。

クマさんは気おされたのか、ややこしい言い回しに頭がついて行けないのか、こんがらがっているのか、茶色い目をまん丸にして、じっとおじさんの顔を見つめた。こんどはその目におじさんが怖くなって、急にムリっぽく顔中で愛想笑いを浮かべた。

うーん、なかなかの戦いだ！

それにしても……、なんでクマさん、しゃべってるんだろ。

もしかしたら、こういうこと？　ホームレスの人だって新聞は読むし、読書もする、はずだ。お風呂に長く入っていなくても、コンビニに買い物に来る人はいる。クマさんがわからないことは山ほどあるけど、それは人間だっておんなじだ。そうなら、クマさんのような人間がいれば、人間のようなクマさんだっている、かも。

「……んで、一枚、いくらだすか？」

「はあ？　一〇〇円でして」

「まあ、安いなっ！」

「ええっ、そ、そうですともー、宝くじはだれでも買えないといけません。たくさんの人に買っていただかないと賞金が出せないんですよぉ」

「ふーん、そういうこと？」

「はい、そこは計算でしてね、当たり券が多すぎると破産しちまうんで、申し訳ないですが外れもつくらないと。あっ、いや、外れだなんて、ねえー、嫌な言葉ですよ」

クマさんは、それにも特別、反応しなかった。

「で、当たりは、一〇億円だなっ」

「ええ？　そうですけど。一等、すごいでしょ。けど、なにか？」

「いや、どんだけのもんかわからんが、当たった場合、どうするか、なにを買うか考えておかないと、なっ！」

「わっ、もうそこまでお考えで？　そりゃあ、なんといいますか、だれしもそういう心境にはなりますわねえ。買うときにはねえ。ええ、そうですとも！　捕らぬタヌキの皮算用って、いやいや、失礼！　それが当たり前。クマでも、ニンゲンでも、それ

は同じ！」と言ってから、ハッと口を手で覆って、

「そ、そうなんですわ、なんというか、抽選日までが楽しみでして……」

「だわなっ、わっはは」

初めてクマさんが笑ったので、おじさんの表情も一気になごんだみたいだった。

でも、あたしはまた気がついてしまった。おじさんは「抽選日までが」と言った。「抽選日が」とは言わなかった。「抽選日までが」ならほとんど当たらない。「抽選日が」なら大当たりが約束されている、ということ。だから「当たらないかも」っていうことだ。だけどクマさんは気がつかない。あたしはクマさんが少しかわいそうになった。

おじさんは「ほっ」としたみたいで、それから罪の意識がするのか妙に神妙な表情になって、クマさんの顔をまじまじと見た。

おじさんの表情が物語っているのは、きっとこういうことだ。

〈なーんだ、話してみれば、ただの気のいいやつじゃん！　それに怖くないと言ったらウソになるけど、近くで見てみると、クマだってそれなりにかわいげがあるってもんだな。こうなるとあんましごまかすのも悪いような気がするなあ。ましてやクマさ

んを恐ろしい動物だからといって、いきなり鉄砲でバーンと撃っちゃうのは、いけませんわなあ。

水族館で見る、ほらあれと一緒。お魚も生きているときにはお目々がキョロキョロ、くるくる動いて、まるでニンゲンみたいだって思っちゃう。でも焼き魚やお刺身になってしまえば怖くもない。生きている間は、それぞれ迫力ってもんがあって、クマも同じで、そうそう簡単にはいかないわ。ニンゲンと同じように、命ってもんがあるわけで……〉

「では、一枚、買うことにする。一枚で一〇億円が当たったら、大もうけだなっ」

クマさんはやけにご機嫌にそう言った。

「そっ、そうですとも、そうですとも」

マイクのおじさんは、また馴染みのお客さんに見せるような卑屈っぽいお愛想笑いで媚びを売り、売り場のお姉さんから宝くじ一枚を（早く渡しなさい！　と）ひったくるように受け取ると、ことさらていねいにクマさんに手渡した。

「そりゃあ、そうですよ、ダンナ、クマさん、千円札で、たったの一枚、ありがとうございまーす。あたしがお渡ししますよ。はい。で、おつりはどうします？」

「うーん、一〇〇円玉はにぎりにくいな。まとめてここに入れてくれ」

クマさんは、おなかに斜めがけしているバッグの口を大きく広げて突き出した。

「ようございますよ、ご立派なカバンだ。さあ、どうぞ、魔法のくじ一枚と、おつりが一〇〇円玉九個。はい、当たりますように!」

「おお、その言葉、なんか良い気分っ!」

ここであたしとミッちゃんは、クスッと笑ってしまった。

だってその言葉は、クマさんは知らないだろうけど、宝くじ売り場のお姉さんならどのお客さんにもにっこりして言う、お決まりの文句、いわばごあいきょうなんだもの。

ママがお財布からお金を出して宝くじを買ったときにもおんなじ言葉を掛けられて、あらー、うれしい! ほんとに当たるといいわねぇ、なんてはしゃぐのをあたしは見ている。でも、クマさんは、すっかり「自分にだけ」特別に言われたと勘違いして夢見心地になったみたい。ばーかみたい!

それから、ふふっ、ふふっ、とウキウキして、スキップするみたいな足取りでゆっくり土手のヤブに去っていった。

「ああ、ほっとした！」

「あたしもー！　緊張したぁー！」

「でも、なんかかわいそうだよ、クマさん」

「なんだかさ、純朴だよねー、だまされちゃって！」

どっとほぐれた緊張感からか、あとで思うと、そのときのなんともいえない毛むくじゃらの後ろ姿は、ひどい臭いもしたけど、どこかかわいくも見えたのだった。

だってネコ背だし、ほこりっぽいし、黒っぽくて、まずしげ。あいしゅうが漂うっていうか、茶色い目をくるくるさせて、それが母性本能を……そう、くすぐったの。

クマさんが土手のヤブに消えてしまうと、その後ろ姿を黙って緊張しながら見送っていたおじさんは、よろよろっとしたけど地面にぐっと踏みとどまって、ぶつぶつ独り言をつぶやいた。

「まあ、いずれにしろ、宝くじというのは買わなきゃなにも始まらない。これはウソではない。オレはウソは言ってない。裁判になっても、たぶん、これくらいなら大丈夫だろう。牢屋に入ることはまずないだろう。それに抽選の日にはオレはここにいないんだし、万が一、クマが暴れても関係ないし、そもそもクマが当たらなくても、それはオレのせいでも、だれのせいでもないわけだし……」

そして再び手にマイクを手にすると、すっかり元気を取り戻し、

「さあさあ、ただいま、ちょっと驚くようなことがありましたが、大丈夫ですよ、ピュアで純な、おんなじことか、ちょっとおじさんふうだったけど、そんな純朴、誠実な、欲のあるクマも信じた宝くじ！　大当たり一等一〇億円、みんな買った、買ったぁ！」

二、その日が来た

最近、いろんなところにクマが出没しているらしい。

公園の樹木の茂みはもちろん、山間のレストランの自動ドアから入り込んだり、集落をパトロールしていたパトカーの屋根にもたれかかって車の中のおまわりさんをのぞき込んだり、ときには家の近所の散歩道を歩いていたおばあさんの肩をトントンとたたいて、あわてて逃げ去るという、ふざけたクマまで現れている。

もちろん、時には人間に噛みついたりして大怪我をさせ、大捕物になることも。

だからあの日のことも、ちょっと興奮してパパとママに話したけど、「ほんとうー?」と笑い話みたいになって、宝くじをクマさんが買ったというとんでもない出来事はまるで相手にされなかった。

夕方の地元テレビのニュースでも「きょう、駅裏のショッピングセンターの駐車場付近にクマが現れました。気をつけましょう」と流れただけ。ママによると、スマホにメールで町役場から流れる「緊急連絡情報」でも、夜になって「クマの出没情報」とタイトルされて場所と時間が通知されただけらしい。

一応、あなたも気をつけてよ、と忠告はされた。

でも、そういうことではない。もっとすごいこと、のように思えたけど、たぶん、なにが起きたのか、どういうことなのか、わかっている人はほとんどいなかったのだ。

それから二ヵ月して、カーッと日が照って、夏がやって来た。

その日の夕方、テレビニュースで例の一〇億円の宝くじの抽選結果が流れた。銀行が自分で発売することが特別に許可された「夢の宝くじ」だそうで、話題だったのだ。なにしろ年末の宝くじ以上にジャンボな夢がいっぱいの特別優待くじだった。

でも、なぜか、欲がないのか、あたしの家ではママもパパも買っていなくて、
「やっぱりだれかには一〇億円、当たったんだねっ。ふーん、いいわね」と、買い忘れたのがホント、ちょっとくやしいっていう雰囲気だった。

不動産会社の営業マンのパパは、「くそー」なんて言ってたけど、それだけ。ただ、驚いたのは、一〇億円の「大当たり」が、あのショッピングセンターの赤いとんがり屋根の売り場で売られた宝くじの一枚だったということ。あたしは「まさかねえー」と、クマさんが買った宝くじのことを思い出しておかしかった。

その翌日の日曜日。

あたしとミッちゃんは、いつものショッピングセンターの前にいた。

赤いとんがり屋根の宝くじ売り場の向かいの駐車場にある自販機の横。ああ、説明が長いのは許して、だってそういう場所なんだもん、フードコーナーでたこ焼き食べようって待ち合わせた。

サマージーンズにサンダルのミッちゃんと、ノースリーブのワンピースが大好きなあたしは同じ町内のご近所さまで幼なじみの同級生。幼稚園のころからいつも一緒に遊んでいる「親友」だ。まだ小学生だけど、たぶん、一生の友だちだと信じてる。

ミッちゃんの本名は漢字で「路子」。かっこいい！　あたしの「るみ」はひらがなだ。ママは、幼稚園で自分の名前を書くときに覚えやすいでしょ、とか、小学校に上がってもひらがなの「るみ」なら体操着に名前を書くときかわいいでしょ、とか言うけど、あたしは「留美」とか「ルミ」とかが大人っぽくていいと思っている。

だってひらがなの「るみ」だと、将来、結婚届を出すときに男の人が小学生と結婚するのかなあーなんて思ったりされると困るし、おばあちゃんになって「るみちゃん」なんて呼ばれたらいつまでも小学生のままじゃん！　と不満はいろいろあるのだ。

まあ、それはあたしたちの秘密の話。そんなことより、この日の朝、新聞に宝くじの当選番号が掲載されていたらしい。売り場のおねえさんがセロテープで、

「大当たり一〇億円、この売り場から出ました！」

と大きくマジックで書いた紙を誇らしげに張り出していた。

その張り紙の前に人だかりができている。

「おお、すごいねや、おまん、当たったらどうしるねえ？」

「はあ？　オレかね？　そりゃ、気絶するわね」

どっと笑い声が上がった。

「そうりゃ、おまん、心臓ドキンドキンで、どうしよう、どうしようって、仕事なんかしてる場合じゃないから、真っ先に会社に電話して仕事を休んで、家に閉じこもって、ぼーっとして、夕方になってから、まあ、ビール飲むわね」

またここで、どっと爆笑が起きた。

あたしも、どどっと倒れ込みそうになって笑った。

ちょうどそんな一幕が演じられているところだった。

ミッちゃんは少し遅れてピンクの自転車で駐車場の道を入ってくる。

そのとき、ええっ？

あたしは驚いた。

だって、あのおじさんが、真っ黒なおじさんが、ミッちゃんがやって来る道の反対側から土手を下りて宝くじ売り場に向かって近づいていくのを目撃したからだ。

「ミッ・ち・ゃ・ん！」

大声を出しそうになるのをこらえて小声で叫んだ。小声ではミッちゃんは気がつかない。それでも、うん？　と不思議そうな顔で自転車に乗ったままこっちに向かってくる。

あたしは駐車場の向かいのとんがり屋根のボックスを指差した。

自転車は止まって、そおっと道の端からあたしの方へ歩いてくる。

そのとき、宝くじ売り場のボックスで低く太い、吠えるような声がした。

「今朝の新聞を見せてくれっちょ」

まただ。なんだか気がおかしくなりそう。

宝くじ売り場のおねえさんは透明なガラス越しに、「ひぇっ」と悲鳴を上げた。

突然、ぬっと、真っ黒な顔が目の前に現れたからだ。

まさか、またやって来るなんて！

「え、ええー？　しっ、しんぶん、新聞ですかあ、あっ、そうですね、はい、はい、これ、どうぞ」

どういうこと？

おねえさんは売り場奥の、小さな自分用の花柄の座布団をしいた椅子の横にある小机の上に置かれた今朝の新聞を、ああ、また説明が長いわ、恐る恐る、クマさんに手渡した。

「ふーん、当たり番号の記事は、どれだすか？」

「はあ？　あのー、当たり、って言いますと？」

真っ黒なおじさんは、余裕しゃくしゃくだ。

なんかポカーンと青い、小鳥のさえずりが聞こえてくる天気のいい夏の空。いつもの通り、ショッピングセンターの屋上駐車場に向かって買い物客の車が入っていく。地上のあちこちに出入り口がある駐車場からも車が出入りする。

ショッピングセンターの入り口あたりは混雑し始めていた。

ぶっとい真っ黒な爪を隠した短い指が、ここだろ？　と、おねえさんの手にする新聞の上を指差した。おねえさんは、額の眉を最大限に歪めて泣きそうな顔になった。

「んで、なっ、見ただろ、これ、一等の当たり番号。で、これ、オレ様の宝くじ。番号、見た？　ほら、ほら、うん？　だな、そう、同じだ。んだな？」

「んだな」だなんて秋田弁っぽくなまっている。そういえば秋田県には「クマ」はたくさん住んでいるらしいってテレビでやっていた。

クマさんは、カバンから出してひらひらさせていた一枚の宝くじを新聞の記事の場所にくっつけておねえさんに見せつけ、返事を待っている。

「……は、はい、そうです、間違いありません」

「だな、うん」

クマさんは満足げだ。うっとりと目を細めている。

おねえさんはまるで山賊に囚われた、かよわい村の娘だった。ニタニタしているクマさんの顔を避けるようにして小さな声で言ったあと、乱暴はしないでください、っていうふうに心細げに、まわりのおばさんたちに助けを求めて顔を向けた。

どうしたらいいの？　あたし。

でも、おばさんたちには事情がのみこめない。

あらっ、なあに？　と不思議そうな顔でニコッと見つめ返すだけ。

おねえさんは当選番号発表の新聞記事と、クマさんが立っている方をそっと指差して、声を出さずに口パクで、

「……なんですう！」とみんなに合図した。

そのあと、すぐにがまんできずに大きな声で叫んだ。

「ですよねー、これ、あたし、間違ってませんよねぇっ！」

その時やっと、おばさんたちも気がついた。それまでのんきに笑っていた顔が一瞬のうちに凍り付いて、なんというか花が咲いていたかと思ったら、その花びらが一

瞬に凍ってバラバラになって空に舞い上がって落ちてくるみたいになった。

　クマさんが宝くじ売り場のボックスに寄りかかり、余裕しゃくしゃく、トントンと窓口のカウンターを太い指でたたいて、クスッと笑っているのに気がついたのだ！

　おねえさんは、ほとんど売り場のボックスから飛び出しそうになって言った。

「当たりです。クッ、クマ様、一等、一〇億円の大当たりです！」

「きゃー！」

　おばさんたちが叫び声を上げた。

　一人のおばさんはおもわず恐怖と驚きのあまり勝手に両手が上がってバンザイしたので、買い物かごがぶっ飛んで大根やモヤシ、真っ赤なリンゴやバナナやチーズやヨーグルトや広告商品の豚肉のパックや「にぎり寿司」なんかが、ばらばらと道端にばらまかれた。口を両手で押さえつけて、きょろきょろとまん丸の目になって、どうすんの、あんた、ねえ、どうする気？　とおねえさんを見ている。

　あたしたちもぼうぜんとした。でも、そおっと自転車を後ろにずらせた。

　するとおねえさんが恐怖を乗り越えたのか、健気にも毅然とした声でこう言った。

「じょ、じょうしを、上司をですね、呼んできます、というか、連絡しますから、ええ、セキニンシャです、そうです。なので、ちょっとこのまま、いいですか、路上ですが、クマさま、ここで立ったまま、待っていただいて……」

「いいよ、オレ様は、立ちん坊に慣れてるし、別に急がないから。ハハハ、ねえ」

周囲に同意を求められても、困るんですけど。

でもほんとに後ろ姿は真っ黒なおじさんだ。おまけに背中に草のゴミまでついている。

そのおじさんがニタニタ笑いかけて大事そうに当たり券をカバンの奥にしまった。

おねえさんはすぐにボックスの隅っこで身の安全をはかりながら、スマホでどこかに連絡している。売り場のボックスの壁面には「一等、当たりました！」と書かれた一〇年前の古びた張り紙がしてある。最近のものも何枚か、二等、三等の当たりが「出ました」と貼ってある。「よく当たる宝くじ売り場」というのはウソではないらしい。それがクマであっても、その幸運な売り場は変わらなかったということだ。

こうしてだれも想像もしなかった出来事は、お昼の地元テレビの「速報ニュース」で大々的に流れた。本来、一等とかの高額当選者は、プライバシー保護で内緒にされるのが当たり前だけど、今回は、そんなことは言っていられなかったらしい。

それで町中の人がなにが起きたのかを、初めて知った。

近くを走る特急電車の車両の中にも、電光掲示板で文字ニュースが流れた。

そう、いったいこの町で、なにが起きたのか！

「一等、一〇億円クマに当たる！」

三、クマさんの妄想

真っ黒なおじさんは、ショッピングセンターの入り口前の宝くじ売り場の横で、鼻歌まじりに笑いをかみ殺しながらボックスに寄りかかっていた。

ヒマだからときどき、おねえさんに話しかける。

「で、アレだろ？　銀行の本店とかに行くんだろ、こういうときって、当たった人はさ、うふっ」

「そっ、そうですね、ここではとてもお支払いはできませんから、多額ですから
……」

「えっ、多額？　クウッ」とさらに満足そうに笑いをこらえている。

見ていると、その目は真っ黒な横顔の中で細い放物線みたいになっている。

そのおかしな目が突然、ぎょろりとむいて周囲の買い物客たちを見渡し、それから一瞬、通り過ぎるときに、あたしを見て、あたしと目と目が合った。

「きょろっ」と、なんだかクマさんの目が動いた。

ドキッとした。ニンゲンの目みたいだ！　って思った。

クマさんに見つめられた。動物園のゴリラじゃないよ、クマさんだ。怖い。

その視線はまた逆方向から戻ってきて、ちょっと後戻りして、とろんとして、えっ、探してるの？　あたしとまた目と目が合った。

あたしは、ぶるぶるっと寒気がした。

クマさんの茶色い目は、なんだかうるんでいる。

横にいるミッちゃんが急いで忠告してくれた。

「るみ、気をつけてよ、あのおじさん、アンタを見てる！」

「目を見ちゃだめ！　無視して！　そうしないと、クマの魔法にひっかかるわよ！」

「やだー、ミッちゃん、ヘンなこと言わないでよ」

そのとき、突然、あたしの耳元におじさんの声が聞こえてきた。

〈なんだかさ、今の気分はさ、お花畑に転がっているみたいなんだよね。わかるぅー？　甘い花のいい香りがたちこめて、遠くの山の上の青空には白い雲がポッカリと浮かんでいて、クローバーの原っぱってねっころぶと気持ちがいいんだ。いつまでもごろごろとしていていていいんだよって、お天道様かなんかがささやいているようでさ、森の妖精たちかなぁ。オレ様はいま、そういう世界に来ちゃってるの〉

ニンゲンの童話にそんなお話あったよねー。

クマさんは宝くじ売り場のボックスに寄りかかったまま短い足を交差させ、空を仰ぎ見ている。まるで結婚式で出番を待っている太った親せきのおじさん、って感じだ。

あたしの耳に届いた声は、そっちの方角から聞こえてくる。

と、いうことは、あのクマさん？

「ねえ、ミッちゃん、あのクマさん、さっきからなんか言ってない？」

声をひそめて、あたしはミッちゃんに確かめてみた。

「ええー？　ただよろこんでいるだけみたいだよ」

ミッちゃんは少し不安げにあたしを見て言う。

やっぱ、あたしの耳が異常なのか。

と思ったらその声はまた、ブツブツとつぶやいてくる。

〈あのさ、オレ様さあ、ほんとは寝不足なんだ。朝早く、山あいの家の新聞を立ち読みして、たった一枚だけ買ったオレ様の宝くじがさ、「一等一〇億円の大当たり」になっているって知って、もう心臓が爆発しそうになってさ、思わず「ほんとだったんだ！」と叫んでしまって、そしたらやまびこになって帰ってきて、そいでびっくりして、あせって飛ぶように森の木の洞のベッドまで戻り、どうしたらいいか考えがまとまらないまま、一刻でも早く町に行かないと一〇億円がだれかほかのニンゲンに取られてしまうんじゃないかと心配になって、それで足がもつれて転げ落ちるみたいになってさ、山から幾筋もの川の茂みをバシャバシャ渡って駆け下りて来たの〉

なんなんだろ、今度は、一転、ウキウキとした調子だ。

〈でね、きっとさ、オレ様はさあ、みんなにこう言われるんでしょ。クマさん、よかったですね。一〇億円なんですよ。こうなりゃ、なーんでもできるじゃないですか。なんならいっそ、なにもかも新しくしますか？　たとえば森の奥の、あの湿ったかび臭い木の洞穴暮らしはやめて、三階建てのコンクリートの豪邸なんかドーンとぶっ建てて、そいで一階は冬眠用にして草とか木の葉とか、余った一万円札を敷き詰めたりして。まあ、お札はあんまり温まらないとは思いますけどね、もちろんあたしどもにはケイケンありませんけど。そいで二階と三階までぶっち抜きのぶっとい木を大黒柱みたいにおっ立てて、年中、木登りしたり、背中を押しつっけて好きなだけゴリゴリ、かゆいとこないですかーとこすったり、ああ、気持ちいいーじゃないですか。その木の下に寝転んで一日中、本を読んだり、甘納豆を食べたりできるんですよ、アハハ、すごいじゃないですか……って。

でも、オレ様、葉っぱとか、透き通った雨に濡れるのが好きなんだけどね……〉

周囲に人が増えはじめていた。なんだかこの場を立ち去ることができないというか、これからどうなるのか好奇心に引っ張られて動けないというか……。

そのとき――。

四、銀行の上司さん現れる

ちょうどそのとき、その人がやって来た。よれよれのネクタイにやせた紺の夏の背広姿。あんまし偉そうには見えない。急いできたのか息が切れて、ゼイゼイ、ハアハア。

宝くじの売り場の人混みをかきわけ、売り場の三角屋根のボックスの横に真っ黒なクマさんが待ちくたびれて立っているのを見つけると、びっくりした。

おねえさんが連絡し、いまかいまかと待っていた上司さんだ。

「じょっ、上司さん！　この人が、いえ、そのう、このクマさんが、一〇億円が当たったクマさんです！　本人が持参した宝くじの番号も確認しました。

あのう、言っときますけど、宝くじを売ったのはあたしじゃありませんから！　あたしはただ、きょう、当番で、ここにいるだけで……」

上司さんは、それはわかっている、と売り場のおねえさんに目で合図した。

キミは、だまっていて！　ということだ。

そのころには何事が起きているんだとばかり、事情を知らない買い物客も含めてショッピングセンターの入り口付近は黒山の人だかりで埋まっていた。

スマートフォンで電話している人、こりゃ、すごいと動画を撮っている人。まるで予告なしで歩行者天国に少女のアイドルが現れたみたいな状況になっていた。

パトカーのサイレンが一度も鳴らなかったのは、きっとクマさんを興奮させないために警察署が配慮したに違いない。

「フラッシュは本人を、し・げ・き・するので、やめてください……」

上司さんは、人垣に向かって両手をカモメのように広げて、か細い声で言った。

口を半分開けたクマさんは、相変わらず余裕でにんまりしている。

その姿にえしゃくだけすると、上司さんはすぐにそうっとスマホを取り出し、口もとを覆いながら、こそっと本店に電話した。クマに背中を見せてはいけないということの地方の教えの通りに、正面にクマさんを観察したままのさすがの姿勢だ。

「驚きました。ホントのクマです。目の前にいます。図体が大っきいです。おじさんですわ。考えられない！　これからそっちへ案内します」

すぐに電話口からすっとんきょうな大声が飛び出してきた。

「バカ！　なにを言ってるんだ。ストップ！　こっちへ連れてくるな！　バカ！　いま本店にお客様が何人いらっしゃると思っているんだ、キミは！」

報告を受けて本店の役員室から飛び出してきた銀行のお偉いさんが、女子行員から受話器をひったくってガンガン怒鳴っているらしい。

そのあとに聞こえてきたのは本店の緊急店内放送だった。

「ピン、ポン、ピーン、女子行員は全員、ただちに奥の会議室に避難するように！」

「なお、男子行員は、モップなどをそばに置いてお客様対応の準備に入ること！」

なんだか大騒ぎになっているみたいだ。

「はあー、そんなパニックなんじゃあ、だめですね、そっちに連れて行くのは……」

お偉いさんの声はあせりまくってキンキンまわりにもれている。

「当たり前だ、キミー、甘く考えるんじゃない！　考えてもみたまえ、どうせキミが先頭になって、そこからぞろぞろと町の真ん中の本店までクマを案内するっていうんだろう。そんなことしてみろ、どこかの横断歩道で遊びに行く途中の子どもたちが見つけて、『あっ、クマが歩いている！』とかなんとか大騒ぎになって、どっとクマの周りに集まってくるだろう。そうなると横断歩道も車道も交通ルールもお構いなしだ。子どもは童話しか知らないから「気のいいやさしいクマさん」だと勘違いして抱きつこうとするだろう。『ぬいぐるみ』じゃないのに、本物なのに、まるで『ぬいぐるみ』だと思って触りたがる子もいるだろう。だれかがけがでもしたらどうするんだ！

取り返しがつかないぞ！　本店なんかに連れてきたら、ご老人もいるし、赤ちゃんを抱いたお母さんも、大金を引き下ろしにこられたＯＬもいる。とんでもない！

そりゃあ、ふつうなら一〇億円が当たった当選者様には本店にお越しいただいて、いろいろご説明しなくっちゃならないことが山ほどあるが、いまキミの目の前にいるのはクマだろう。そんなクマを連れてきたら、おーい、キミー！　いったいどうなると思うんだ！

そのセキニンをだな、銀行が負えると、思っているのかね！

とにかく、ゼッタイ、クマは連れてくるな！」

あとはもう容赦のない命令のオンパレード！

「いいか、キミー、もし、そのクマがキョウボウだったらどうするんだ。手に負えないぞ！　そうなったらもう警察沙汰だ。警察署に協力をお願いしなさい！　クマの手前、そこから電話できないというなら、こっちから署長さんに直接、電話してもいいが、とにかくクマが怒りださないようになんとかなだめて、こっちには連れてくるな！

キミの力でなんとかしろ、いいな、わかったな！」

上司さんは電話を耳から離して、ああ、自分は犠牲の羊だな、としみじみ思ったと、後に銀行の行員たちが読む「社内報」で正直に回想している。

このとき上司さんの頭の中には、こんな風景が浮かんでいたらしい。

〈とにかくふかふかのソファーにでも座ってもらって落ち着いてからいろいろ説明しなくっちゃならないんで、本店に向かう必要があるんだけど、そうなるとどうしても自分が先頭に立って道案内をしなくちゃならないだろうな。そうすると自分のすぐ後ろをクマが歩いてくる形になる。それはゾッとする。だからクマに言おう。

『クマさんが前を歩いてください。ぼくが後ろを歩き、口でそこ右へ曲がる、とか、まっすぐ行く、とか案内しますから』。それで安国寺通りの商店街を行くわけだ。

この地方では冬の大雪に備えた『雁木』という通路がアーケードみたいに商店の前に続いているけど、そこは狭いから通らずに、車道に出て隅っこを歩くだろう。

すると対向車線の車はみんなビックリして停車してしまう。あわてて車の窓を閉めて、すっとんきょうな目で、クマを先頭に大人たちや子どもたちがぞろぞろ歩く行列を呆れたり笑ったりして写真に撮るだろうな。後ろの車も、行列を追い抜いてクマの前に出るなんていう勇気はないから、まあ、同じように、だらだらと渋滞だ。

で、そのまま行列になってぞろぞろ歩く。途中には府中八幡宮の境内があるし、そこは社のまわりが草地だから、寝っ転がりに行こうとするクマを押しとどめなくちゃならないな。道路脇のバス停では、なかなか来ないバスを気長に待ち続けるおばあさんたちがきっと三人はいるから、すぐ避難するよう大きな声で呼びかけなくてはいけない。

途中の居酒屋さんからはいい匂いがするかもしれないし、ここも難問だ。そうそう駅前通りの交差点の角には和菓子屋さんがある。あそこの笹団子はうまいからクマが『あれ、ほしい』とか言った場合、やっぱり買ってやらなくちゃならないだろう。なにしろ山の笹の葉の香りがするからな。それに斜め向かいのもう一軒の和菓子屋さんには、ねっちりと蜜が固まったみたいなオキナアメもある。これも食べたいって言い出したらどうしよう。

そうした場合はお金を立て替える必要があるけど、まあ、いいか。なんといっても一〇億円が当たってるクマだ、あとで払ってもらえばいいわけだ、アハハハ〉

上司さんが一人でギョッとしたり、笑い出したりしているのを見て、クマさんもキョロッと、うれしそうな顔をした。

はっ、と気づいた上司さんは、われに返り、小さな声でスマホに向かって訴えた。

「そのー、どうしたら？」

沈黙が続いた。

スマホを耳に当てたまま、上司さんは待つ。沈黙、フリーズだ。

まるでそのまま永遠に時間が過ぎていくかと思った時、上司さんの声が――。

「えっ、なんですか、もしもし、よく聞こえません！」

「だからな、キミー！　キミが責任者だ。キミが現場に居るんだ。なんとかしろ！　なんとか、クマに、納得させろ！　静かにクマに帰ってもらえ！」

「はあ？　帰ってもらえ？　うまくやったら、出世させてくれる？」

と、のどまで出かかった言葉を飲み込んで、上司さんは一呼吸してから、静かに電話口で本店に向かって話し出した。

「あのー、はっきり言ってですね、一等の当選券を持っているので賞金は支払わなくてはならない、とは思うんです。でも、相手はクマで、そこが問題なんで、過去、クマに賞金を支払った例はありません。それも一等一〇億円という大金です。

その賞金をそっくりクマに払うなんて、そりゃ、前代未聞！

といって『クマだから支払いません』と言った場合、『法律違反』ということにはならないでしょうか？　銀行がクマとニンゲンを差別することにならないんでしょうか。宝くじの支払い規則に、『賞金の支払いは人間に限る』なんて書いてないですよね。

ほんとになんでクマなんかに一等が当たっちまったんだろう。だれかのいたずらかなあ？　シェイクスピアの『ハムレット』なら、ここで『払うべきか、払わざるべきか、それが問題だ』って名セリフをつぶやくとこなんですけどねえ、ええ、ええ、わかってますよ。そんな軽口を言っている場合じゃないってね、よーくわかってます。

そうだ、いま思いついたんですが、一万円とか、一〇万円とかの『はした金』をクマに支払って、『賞金の一部です。残りは後日、連絡いたします』とか言ってごまかすというアイデアはどうでしょうか？　でも、その場合、クマが賢くて、『ええっ？後日？　連絡って？　いつ？』と聞き返されたら、うーん、困りますねー。どうやって森のクマに連絡したらいいかわかりませんから。それとも、好きなときに来てもらいますか？

毎月五万円ずつとか。それだと支払い完了に一〇〇〇年以上かかりますけど……。

それに、そのう、領収書、クマがたしかにお金を受け取ったと証明する領収書ですけど、領収書ナシだなんて、それは困ります！

クマにあとで『オレは最初からもらってなかった』なんて難癖つけられたときに、『いやあ、ちゃんと受け取ったというクマさんの領収書がありますよ』って言うためです。相手がクマなんで、土下座なんかさせられたんじゃたまりませんからね。あくまで念のためですけど、もらえますかねえ？　こういうことは『管理職』ではないふつうの市民やおばさんたちにはわからないし、もちろんクマにもわからないでしょうけど、えっ、いまは領収書のことまで考えなくてもいい？　でも……、あっ、そうですか」

電話している上司さんの顔が焦りと緊張でだんだんと真っ赤になっている。

「そのー、じゃあ、こっちで勝手に対応して、いいですね！」

そのときになってやっと本店が同意したみたいだった。

上司さんのスマホが突然、スピーカーモードになってみんなに聞こえた。

「そっ、そだな、任せる。キミが責任者だ。まあ、屍はひろってやる」

「はあ……？　そんな、ムムムム、無責任なぁ……」

その間じゅう、クマさんは、グズグズしている上司さんにイライラしてきて、あーだ、こーだと言うんなら裁判だぁー！　とばかり、上司さんをにらみつけ始めた。

だれだって自分のことを目の前で、勝手にだれかと相談されるのは気分がよくない。
そのとき、ようやく上司さんが、一気にクマさんに向かって話し出した。

「クマさん、わかりました。わたくしが保証いたします。たしかに一〇億円、あなた様に当たっています。銀行がお支払いすることになります。

これは間違いないことです。ご心配には及びません。

ただ、ただですね、お支払いするためには銀行口座が必要です。それにハンコが必要です。一〇億円は大金なのですぐにはお支払いできません。これはだれでもそうなんですよ。お疑いなさらないようにお願いします。みんなそうするのですから。なので、その手続きの書類に住所や電話番号を書き込んでください。それと、税金ですが、賞金には税金はかかりません。なんの手続きも必要ありませんからこの点はご安心ください。

ただ、どうしても一度に一〇億円の札束をそっくりカバンに入れてお持ち帰りになりたいというご要望であれば、恐縮ですが、後日、こちらの指定日に本店にまで来ていただいて、そうそう、その際はクマ様、大金を運ぶ大きなトランクはお持ちですか？

小さな車輪がついた、あれ、あれがいいです。キャリーバッグっていうんでしょうか、いまどきどこのカバン屋さんでも売っておりますが、それがないと銀行の紙袋になりますが、それだとても両手では持ちきれないし、きっと途中で破れてしまうでしょう。

そうなるとお札がばらまかれて、そんなときに限って風が吹いて、一万円札があっという間に次々に空に舞い上がる、ってのが世の常で、お札の紙吹雪！ なんてことになってしまって、通りから見ていた市民たちが、まるでけものみたいにあっちこっちから群がってきて、そりゃあ交差点なんかでは車は急ブレーキ、事故は起きるわ、お店に突っ込むわで、歩道も車道も、けっとばしたり、殴りあいが起きるやら大変なことになります。

まずそれをご用意していただいて、それにタクシーとかで運びますか？ そのときは信用できるタクシーの運転手さんに行き先を教えてください。

なぜかというと、あとでその運転手さんが一〇億円を運んだ住所をペラペラ町中でしゃべってしまうと、クマさんは戸締まりに用心しないといけなくなるでしょ、多額の賞金をねらってドロボーがやってくる心配があるからです」

　クマさんは、みるみる目の色が変わり、真っ黒な顔が真っ赤なふくれ面（つら）になった。

　ミッちゃんとあたしは、ハラハラしながら成り行きを見守っていた。

　するとすぐにあたしの耳に、息が荒（あら）いヘンな声が聞こえてきた。

〈くそーっ、ハーハー、「親切ぶって」いろいろしゃべりやがったなー、フッ、不当じゃないか、キミー、そんなこと、クマ相手に！　できっこないわい！　オレ様は小学校にも通（かよ）ったことないし、子どもたちがおいしいという給食も食べたことがない。タクシーだって乗ったことない。信用できる運転手なんて知っているわけがない！　そんなむずかしいこと、ペラペラ勝手にしゃべりやがって、こっちがよくわからないことをいいことにごちゃごちゃぬかして、そうか、オレ様があきらめるのを待ってるんだな！

　賞金が一〇億円なもんで、もったいなくなって、払（はら）いたくないんだな、そうに決まってる！　だまされないぞ！　こんなやつ、一発ぶん殴ってやれば、ぶっ飛ぶんだけど、みんなが見ている前だからそうもできないし、ああ、いまいましい！〉

　なんだかクマさんが歯ぎしりしているみたいで、周囲（しゅうい）はどよめいた。

「……オレ様の住所は教えるわけにはいかない」

ぐっとがまんして、クマさんはそのことだけを低い声で言った、みたいだった。

あたりに、ほっとした空気が流れた。

すぐにあたしの耳に、またヘンなぼやき声が飛び込んでくる。

〈だってさ、森の住所を教えてしまったら、そのあとなんだかゆっくり寝てもいられなくなる気がするし、そもそもギンコウコウザってのがなんなのかわからないし。うーん、困ったな。こうなったらあきらめるか、それとも暴れるか、どっちかだな！

それにゼイキンとかいうのもよくわからん。バイキンならよーくしっているんだけど……〉

だれもが目つきが険しくなったクマさんに危険を感じたみたいだった。

町役場ならたいていこんなとき、やさしい女性係員がそっとそばにきて、だいじょうぶですかぁー、とか声を掛けてくれて、書類の書き方なんか親切に教えてくれるのよね、ってママがいつか話していたことを、あたしは思い出していた。

でも宝くじ売り場の前では、そんなことは起こらない。

上司さんがひょこっと小首をかしげて、どこか勝ち誇った笑顔になって、

あたしらとしましては、ていねいな説明をしているので、とほっぺたをビクビクさ

せて、クマさんがどうするか待っているみたいだった。

五、ついに大騒動に

そのときだった。

それまでこわごわ様子を見守っていた群衆のなかから、だれかが叫んだ。

「クマに一〇億円なんて、やるこったぁーないぞー」

一瞬のうちに、あたり一面、かき氷がぶちまかれたみたいになった。

「あんなクマに、やるこったぁなぁーい！」

「そうだぁー」

「取っちまえー、当たり券を！」

「人間に取り返せー」

「クマから当たり券を取り上げろー！」

クマさんはびっくりして、そっちの方へ顔を向けた。もともと気が小さい怖がり屋で、お人好し。でもこのとき、クマさんも恐怖で、たぶん、なにかが心の奥からこみ

上げてきたのだろう。おそろしいうなり声を上げ、

「ぐわー」っと叫んだ。

きゃー、と悲鳴があがった。

「クマが怒ったぞー」

興奮しただれかが、震える指でスマートフォンの一一〇番を押した。

クマさんは力を込めて宝くじボックスをけっ飛ばすと、くるっと向きを変えた。

さっきから自転車で駆けつけていて、ずーっと電柱の陰にかくれて様子をうかがっていた駅前交番のおまわりさんが、ひざをガクガクさせながら腰のピストルを確認するように右手で押さえて「準備態勢」のまま、前に出ようとした。

クマさんは本能的に走り出した。

「きゃー、こっちに来るぞー！」

それまでクマさんのことを、へー、すごいねえ、なんておったまげて様子を見ていた人たちまで、パニック状態になった。

おまわりさんが両手を羽ばたくみたいに広げながら叫んだ。

「みんな逃げろー、早く、逃げてー」

そのどさくさのなかから、また、だれかが叫んだ。

「カバンを奪えー、当たり券が入っているカバンごと取っちまえー。このまま逃げられたら一〇億円は、パーだぞー」

大変なことになった。クマには逃げた獲物を追いかけるという習性がある。でも、この場合、ここから逃げ出さずにいる勇気なんて、群衆のだれ一人にもなかった。

一瞬のうちに、騒然となった。

クマも、ニンゲンがおっかない。ニンゲンもクマも、どっちもおっかない。なのでクマもニンゲンも一斉にわけがわからないまま蜘蛛の子を散らすように逃げ出した。

逃げよう！　あたしはミッちゃんに告げた。

ミッちゃんも、目だけで、うなずいた。唇をきゅっと結んでいる。かわいい。

あとは、きゃーっと、叫んではいけないのに、自転車を捨てて走り出すと、うわ、うわと口から声が噴き出してくる。あたしたちはやっと、駐車場の真ん中の買い物ワゴンを集める透明なボックスのかげを見つけてなんとかそこにしゃがみこんでじっとした。

ゴンゴンという鈍い音がした。見ると、クマさんがショッピングセンターの入り口の透明なガラスの自動ドアにからだごとぶっつけている。

真っ黒なおじさんがあせってオロオロしてるみたいだ。すると自動ドアは、ゴワァン、ガガガガ、ズズーっと音を立てて開き、その先にクマさんが飛び込んでいった。なんかものすごく勘違いしてるみたいだ。

それからまもなく、ショッピングセンターの店内から、悲鳴と叫び声と怒号の入り交じったどよめきが聞こえてきた。

天井に整列した美しい照明、奥に向かってのびている磨き上げられたピッカピッカの薄ピンク色の大理石風の通路。冷房の効いた真っ白な店内に飛び込んでいったクマさんは、入り口のそばにある花屋さんの横を駆け抜け、緑の葉っぱや赤いチューリップやクリーム色のバラ、白や薄紫の小さな花たちが投げ入れられた花束の筒をがらんがらん、ごろんごろんと、あっちこっちにぶっ飛ばしながら走っていったはずだ。

クマさんは無我夢中で逃げる。脱出口なんてわからない。店内通路はまっすぐ奥へ、奥へとクマさんを導いてしまう。シャツやジーンズやスニーカー、衣類、コーヒーカップとかお皿の食器、白物家電っていう炊飯器や洗濯機、冷蔵庫、掃除機、スタンドライトなんかが陳列された電気製品の売り場。小さな子を連れた家族、おばあさん、おじいさん、デート中の高校生たちが歩いている。そのなかをクマさんが猛スピードで突進する。

きゃー！　なによー！

ぎゃー、とひっくり返った人！

クマさん本人だって、それどころじゃない。命がけだ。

ただただ真正面に突っ走って逃げるだけ。だって、どう逃げたらいいかわからない。

生まれて初めてショッピングセンターに入ったんだもの。

クッキーやケーキの甘いバターやクリームの匂いがしてくる。

クマは嗅覚が犬の何倍も発達している。ハチミツの香りもまじっている。

混乱しちゃう。ここはどうなっているんだ！

茶色い目の視界の端っこに、びっくりしている子どもたちの顔！

熱々のたい焼きの包みを手にして落としそうにしている女の子の引きつった目、横一文字の口元、眉が限界までつり上がったタイトスーツのおねえさん、恐ろしさに子どもを自分のからだに強く引き寄せて立ち尽くす子育て中のお母さん。

どこもかしこもが迷路だ。どこを走っても突き当たりにでっくわす。

通路を飛(と)び越(こ)え、ケースに体当たりし、いろんなものがひっくり返り、商品がぶっ飛び、とうとうもうどっちにも行けなくなって、お客様サービスカウンターの奥(おく)の狭(せま)い空間に頭を隠(かく)してうずくまった。迫力(はくりょく)いっぱいの恐ろしげなおじさんはいま、カバンを斜(なな)めがけした黒い毛むくじゃらの中学生みたいになって、ウー、ウーと泣くだけだった。

　ガオー、助けてくれよー、

と、叫(さけ)んでも人間たちはおびえて後ずさりするばかり。

　やがて静かになった。クマさんが疲(つか)れ切(き)ってぐったりしたらしい。

　しばらくすると緑色の網(あみ)とか、先っちょがUの字になった「サスマタ」という長い棒(ぼう)とか、売り場にあった木製(もくせい)のケースとかが盾(たて)みたいに少しずつ寄(よ)ってきて、なんだか囲(かこ)まれているみたいになった。

　それからドタドタと靴音(くつおと)がした。

　ショッピングセンターの店員さんたちが自然と道をあけるのを、そうしてください、そうです、どいて、どいて、と手で促(うなが)しながら制服(せいふく)のおまわりさんたちが近づいてきた。

「こっちです、早く！」

「大丈夫ですよ、撃ちますから！」

二人のおまわりさんがそれぞれ警棒を手にして、丸い筒のようなもの持った灰色のジャンパーの人たちを案内して走ってくる。

ジャンパーの背中には「保健所」の文字が見える。

「大丈夫です。すぐ効きますから。そしたら処理してください」

クマさんは鼻の先の床に落ちている埃を見つめた。からだが震えている。振りかえると、ショッピングセンターの白い天井と蛍光灯の照明が二重に見える。

駐車場にいるあたしの耳に、またヘンな声が聞こえてきた。

〈クウー、これでもうオレ様は、山には帰れないんだなぁ。どうしてこうなっちまったんだろう。宝くじが当たっただけなのになぁー。このまま死んじゃうんかなぁー。なんか知らんうちにオレ様の目に、涙があふれてきたあ。

ブチーッ！

プシュッ！

あ、ああ、あああ、ああー〉

あとで一部始終を見ていたパートのおばさんたちに聞くと、クマさんはそのとき、一瞬だけ、子どもみたいにギャッと身を縮め、それから一〇億円の宝くじが入ったカバンを引き寄せて、カバンが……とつぶやいたあと、頭がぼーっとしたみたいで、それからはもう、こそっとも動かなくなった、というのだった。

六、大成功と大逆転

「ねえ、見に行こうよ！」

静かになってからミッちゃんが言うから、あたしもクマさんが捕まったという店内に入った。大勢の市民がわさわさ集まっている。店内はごちゃごちゃで、サービスカウンターのあたりにいろんなものが散乱している。そのかげの通路の奥に寝っ転がった大きなおじさんがいた。ほんとにただの真っ黒なおなかの出たおじさんだ。

近づかないでねー、と店員さんに言われたけど、見物人はおっかなびっくり集まってきて、だんだんその輪が縮まってくる。

ミッちゃんは勇気というか、いつも好奇心が旺盛な女の子だ。男の子相手でもひるまない。それに小さいときから絵本や本が大好きで、外国の物語もたくさん知っている。

だからこういう出来事にはがぜん、興味津々、好奇心が首をもたげ、現実とロマンチックな空想が交じり合う想像力が、ぷーっとふくらむのだ。

一応、ママにはスマホにショートメールを送っといた。

「タイヘンだよ、あのクマさん、ショッピングセンターでつかまった♥」

しばらくすると、何人ものおまわりさんたちが協力してクマさんのからだをブルーシートに転がし、ずるずる引っ張って、ショッピングセンターの通路から外に出そうとし始めた。保健所の人たちとおまわりさんたちが話している。

クマさんにはきっともう、天国の声に聞こえただろうか。

「カバン、クマから取り外しましょうよ。一〇億円の当たりくじが入っているそうじゃないですか、それってどうなるんです？」

「どうなるって、まずは管理しないと」

「管理って、警察でですか？」

「じゃないの？　たぶん警察署の経理課の金庫だな」

「へー、そうなんですか。じゃあ、とにかくクマから外しちゃわないと」

そのときだった。だれかが、ダーっと猛スピードで売り場の通路のかげから突進してきて、おまわりさんたちがたったいま、そおっとクマさんの肩から外したばかりのカバンを、ぐいっとひったくって、逃げようとした。

「クマは死んだんだ。だったらカバンも宝くじも、だれのものでもない。見つけたもんの早いもん勝ち！　道ばたの石っころと同じだ。ひろった者のもんだぁー！」

「コラー、ダメだ！　警察が管理する！　その手を放せ！」

「オレのもんだ！　早い者勝ち、取った者の勝ちだー」

中年の男はバッチリ顔をおまわりさんに見られているのにカバンを放そうとしない。こんなドロボーは見たことがない！　おまわりさんと引っ張りあいになって、とっさにそばにいた別のおまわりさんが腰のピストルを抜いて、上に向かって一発、バーンと撃った。天井があるってこと、きっと忘れていたのだ。

ピストルの弾が当たって蛍光灯が壊れてガチャーンと通路に落ちてきた。

きゃー！　遠巻きにして様子を見ていた買い物客たちは一斉に首をすくめた。

その瞬間、男も、おまわりさんも思わず両手で頭を抱えて身をかがめたので全員の手がカバンから離れた。カバンはポトンと、もとのクマさんのおなかのあたりに落ちた。

そのカバンを今度はクマさんの手がゆっくりと伸びて、たぶん、無意識のまま、真っ黒な手のぶっとい爪の先でガッチンと引っかけた。

「あー、なんて欲の深いクマだー」

ギョッとした顔であきらめた男は、一目散に店内の奥へ逃げ出した。

「まっ、まてー、にっ、逃げ足の速いやつだ！　くそー！」

「あいつはいいから、こっちの方を、こら！　クマめ！　手を離せ！」

おまわりさんたちは、とにかく興奮してクマさんにどなり、それからはっとして、息を吹き返したら大変だと思ったのか、急に静かになって、そうっと引っ張ってみたけど、クマの爪は深く食い込んでいてちょっとやそっとでは外せない。しかも、ときどき夢を見ているのか爪が小刻みに震える。それがまた、怖い。

カバンは山の植物のツルでできていて、とても頑丈そうで、ボタンもきつく、堅い木の実だった。クマさんはとうとう昼寝したみたいな仰向けの格好になっておなかにカバンをのせたまま、ずるずるとショッピングセンターの外へ引きずられていった。

そこにはもう赤い回転灯をぐるぐる回したパトカーが何台も待機していたのだった。

「へえ、すごいよ、パトカーが何台も止まってる！」

駐車場やそのまわりの通路には何十人ものおまわりさんたちがいた。窓が網戸の灰色の装甲車みたいな、犯罪者たちが乗ってるみたいな恐ろしそうな車もあるし、通路の奥にはクレーンを備えたトラックも止まっていて、その荷台には黄緑色のペンキのはげかかった大きな鉄のオリが積んであった。

周囲の道路に黄色と黒の縞模様の「立ち入り禁止」のテープが張られ始めている。

地元新聞の記者やテレビのレポーターが駆けつけ、ショッピングセンターの入口の近くにカメラをセッティングしたり肩に担いだりして、実況中継を始めていた。

上空にはヘリコプターがバタバタバタバタバタと音を立てて旋回している。

「うわー、なんだか鳥肌！」

ミッちゃんが楽しくてたまらないって顔で歓喜の声を上げた。

大勢の買い物客たちが固唾をのんで見守っていた。

クレーンで鉄製のオリが路上に下ろされる。扉を開けると、引きずってきたクマさんをみんなで青いシートごと押し込んだ。外に引き出されたクマさんはカンカン照りのお日様を見ただろうか。夏の青空と遠くの白い雲、アニメのように美しい大空の広がりを、まぶしいなっ、と、クマさんは森のことをぼんやり思い出しただろうか。

クマさんを入れたオリはまたクレーンでトラックの荷台に引き上げられる。

そのとき、アシや草の匂いを運んで河原の風が吹き抜けた。クマさんのからだの上を、その風が、もわっとなでた。クマさんは鼻を小さくヒクヒクさせた。

すると寝ぼけまなこがゆっくり開いて、なんと、そっとあたりを見渡したのだ。

さっきの「プシュー！」は麻酔銃で、その効き目がもう切れ始めていたのだ！

おまわりさんや灰色のジャンパーの人たちはまだ気づかずにひそひそ話をしている。

「で、どうします？　カバン、オリの中ですよね、クマから取り上げていませんよね」

「そう、でもいまとなってはね、ちょと怖くてね、オリの中に入れないでしょ」

「ですよね。用心しないと……」

「じゃあ、もう一度ね、念のために、あれ、撃ってもらえますか？　そうすればさすがにピクリとも動かなくなるでしょう。そしたら安全にオリに入ってカバンを取れるじゃないですか。このままクマごと運ぶと、一〇億円の宝くじはどうした、ってことになりますから、まだオリの中です、では警察のかっこうがつかないですよねえ」

「いやあ、そうもいきませんよ。麻酔銃を撃つと逆に暴れるやつもいるし、クマの命にかかわることもある。そうなるといろいろ面倒だしねー。ハハハ」

「といって、このままでは、クマを山奥に帰してやることも、できませんね。だって一〇億円の当たりくじが入ったカバンを持ったままだから……」

「そこなんだよねー、問題は。カバンさえ取ってしまえばね、クマなんてただのクマだけど、カバンを持っている限りはね……。まあ、大変な値打ちがあるわけで、だから時間を見てもう一度、あれを撃って、それでほんとにぐっすり眠っていただいて、そのときにカバンを取るか、いっそ殺してしまえば簡単なんだが……」

「それはー、よくないですよ」

「山の狩りをしている猟友会の鉄砲撃ちのベテランたちにも連絡してあるはずなんだけど、まだ来ていませんな、のんきなやつらだなあー。それにしてもこの場で殺すのはねー、ショッピングセンターの前だし、万が一、市民に危険が生じるとまずいわけで。

まあブルーシートで覆ったなかで撃っちゃえばいいかもしれないけど、そういうのでもこんな町の中心部じゃあねえ。駆除には許可が必要だし、人間に危害を加えたというような、なんらかの容疑（理由）がないとねー」とおまわりさん。

「それは人間をひっかいたり噛みついたりしたとか、そういうことですか？」

「そうそう、そういうこと。クマは力が強いから人間は大変なけがを負ってしまう。そうなるとこれはもう有害鳥獣だという、そういう許可が出ないとねえ……」

「ただばくぜんと危険な動物だからというだけで命を奪うってのはねー……」

「まあ、ネコなんかでも虐待には動物愛護法で罰金一〇〇万円ですからねえ」

「らしいねえ、そっちの方はよく知らんけど、あたしは」

そんな会話が途切れたころ、オリの中から、ぼそっと声がした。

「ぺっ、プェン、べん・ご・し・を……」

ええーっ！　おまわりさんもジャンパーの人たちも、振り向いておったまげた。

まさか、クマさんが、もう目覚めている！　なんて？

「オレ様は、知ってるんだ、クマもん」

「どういうこと？　クマもん？　だってぇ？　なっ、なんてやつだ！」

「こういうときにはなっし、弁護士にたのんでなっし、人権、じゃない、クマの正当なケ、ケンリ（権利）、イ、イノチ（生命）の保護を要求するもん、だなっし」

麻酔で口がうまく動かないのに、なんというクマさんか。どこでそんな知識を得たのか、新聞で読んだのか、それともどこかの家の塀越しにテレビを盗み見て、刑事物のドラマで覚えたセリフなのか、人をおちょくっているのか、とにかく頭がまだもうろうとしているはずなのに、さらにクマさんはこう言った。

「弁護士費用は心配しないでいいよ。オレ様の一〇億円でなっし、むむっ……」

なんだか笑っているようなのだ。

「こいつー、人間をバカにしてー！　弁護士だってえ？」

「ちょっと待ってください！　まだ支払いは、正式には決まっておりません！」

すぐに上司さんがオリの横にきて、おまわりさんに説明した。

「でしょう、そうですよねえ。そもそもどうやってクマに払うわけ？」

「ですからそれを今後、クマ様とですね、銀行が相談し、本店でもどうしたらいいか検討することになっていまして、なにしろ今朝の今朝というか、今日の今日ですから、クマに当たったという、驚くべき事実が判明しましたのは。ハハハ……」

なんだか楽しそうな、いやいや、はらはらしてるような笑い声だ。

おまわりさんと上司さんは、なんだかわからないまま一緒にどっと笑った。

「いずれにしろ、クマをオリに入れてしまえば、弁護士であろうがなんであろうが、あとはゆっくり考えればいいので、まあ、一段落ついたってわけですな、うっふん」

おまわりさんはすっかりクマさんをバカにし、おどけて周囲に叫んだ。

「やったあー！　クマを、タイホしたぞぉー！」

まるで、クマさんのうなり声みたいだ。

まわりを取り囲んでいた群衆から明るい笑い声と拍手が起きた。

でも、例のカバンはまだクマさんと一緒にオリのなかだった。

そのクマさんはゆっくりとオリの中でからだを起こし、両手でそっと鉄格子に触れている。それから扉に近づいて、ちょっとだけ押して、すぐに、はっとした目になって離れた。なんと！　扉に鍵はかかっておらず、少しだけ、カタンと開いたのだ。

クマさんの目に、予想外の幸運への喜びが浮かんだ。人間たちはクマをバカにしているから、気がついていない。ふつうこんな時、クマは恐怖でパニックになってオリの中で大暴れするけど、このクマさんは麻酔がまだ少し効いているのか、じっとしてなにか考えているみたいだった。クマは頭がいい。人間が思っている以上に、頭脳明晰だ。

　しばらくすると、そうっと音を立てずに扉を少しだけ押し開き、その透き間から黒い毛むくじゃらの手だけをヌッと突き出して、グブグブグブとなにやらいたずらっぽく笑いながら、爪の先に引っかけた例のカバンを引っ張り出した。

　そのときになって、やっと気づいたおまわりさんが、驚いて叫んだ。

「ああっ、だめだ！　こら！　寄こせ！　それをこっちに渡せ！」

　クマさんは、また口を半開きにして笑ったみたいだった。

　オリの外に出した手でカバンをわざと見せびらかすように、ひらひらゆらゆら揺すって人間たちを誘っているみたいだ。

　だれも予想もしないことだった。ただびっくりして見ているのを尻目に、クマさんは、ポーンと空高く、スナップを効かせて、そのカバンを投げた。

「やめろー！」

　と叫んでも、もはや手遅れ。あっという間にカバンは宙を飛んでショッピングセンターの横の茂みのなかへ。そう、初夏にたくさんの白いチョウみたいな四枚の花びら状の葉っぱで彩られるヤマボウシの木の枝に引っかかった。それからゆっくり枝をずり落ち、下の枝に、さらにまた別の下の枝に。そのたびに群衆は、わーっ、とか、あれー、とか口に手をあてて大騒ぎ。テレビのディレクターがあわててカメラをそっちに向けた。

カバンはヤマボウシの枝先に宙ぶらりんになって止まった。

おまわりさんはその間じゅう、ぼんやりとスローモーションを見ているように、あっ、落ちる、落ちそう、落ちない、落ちてー、と口をぽかーんとあけているだけだった。

やっと気を取り直すと、目をむいて、枝にぶら下がったカバンを指差し、

「だれもさわっちゃいかーん！　おまわりさんの指示に従いなさーい！」

「棒で落とそう！　だれか棒を持ってきてー！」

と、あせって命令しながら、ヤマボウシの木の下に駆けつけた。

そのときだった。みんなが注目しているヤマボウシの木の反対側に止まっていたトラックの荷台のオリでドーンという大きな音がして、クマさんが一気に扉を押し開け、ドタドタと地面に飛び降り、路上にドサッと立つや、一目散に河原めがけて逃げ出したのだ。

きゃー、来ないでー
信じられなーい！

近くにいたパトカーのおまわりさんたちも、上司さんもぼうぜんとしているばかり。

ヤマボウシの木に集まっていたおまわりさんたちが気づいて振り向いたときには、時すでに遅し。ピストルもたぶん、こうなっては間に合わない。

「ああ、オリにカギをしてなかったぁー。するの忘れてたぁ！」

麻酔銃を手にした人たちもすぐそばにいたのに、そんなことになるとは想像もしていなかったからどうすることもできない。クマさんは走った。人混みが、わーっといって道をあける。どどっどどっ、なんという速さか。想像を超えた足の速さ！

「うおっほー、成功、成功！」

みるみる真っ黒な体は河原のヤブの中へ、アシの茂みに消えていったのだった。

第二章　一〇億円の宝くじはだれのもの？

一、なんと裁判がおこなわれることに！

「あんたたち、どこ行くの？」とママが言った。

「土手はキケンだからね、なにが出没するか、最近はわからないんだから……」

自転車で待ち合わせて、手を振って家を出た。

あたしたちが向かったのは町の裁判所だ。

なぜかというと、あのクマさんの宝くじをめぐって裁判が開かれることになったからだ。ママに、サイバンショ！　って言うと、

「はあ？　小学生が、なにしたのよ！」

あはっ、おかしいー。

第二章　一〇億円の宝くじはだれのもの？

なぜ裁判所かというと、それはこういうことだった。

あの日のことは夜のニュースで流れたから、町中の人たちが知ることとなった。

それであのあとどうなったかというと、カバンはスーパーの店長さんの指示で長ーい竹竿で枝から外され、小さな女の子の前にポトンと落ちて、女の子がひろっておまわりさんに渡し、パトカーに乗せられて町の真ん中にある警察署の金庫に保管された。

これで大騒動は収まったけれど、よーく考えてみると、あの宝くじはいったいだれのものか、これからどうしたらいいのか、警察署にもよくわからなかったのだ。

この国の法律では、姿をくらませたとはいえ、もともとはあの宝くじがクマさんのものだったということは、当日、多くの目撃者がいるので、みんな知っている。

ところがクマさんはショッピングセンターで暴れてタイホされてしまい、カバンは一度、肩から外されておまわりさんが手にしたけど、ヘンな男があらわれて、両方の手で引っ張り合いになり、クマさんのおなかの上に落ち、それをクマさんがしっかと抱えたと思ったら、運び入れられたオリのなかから真っ黒な手を出してヤマボウシの木の枝にポーンと投げ、そのすきにクマさんが逃げ出したという複雑な事情がある。

つまり、あのカバンのなかの宝くじは、いまも「クマさんのもの」か、それともカバンごと投げ捨てられて「だれのものでもなくなった」のか、あるいはクマさんが逃げるときにわざと落として行った「クマの落とし物」なのか、わからなくなっていたのだ。

　これは法律的に、むずかしい問題だった。

　なぜなら、いまもクマさんのものなら、警察署は預かっているだけなので、クマさんが取りに来るのを待っていればいいけれど（……ちょっと怖いけど）、あのときとっさにクマさんがわざと落としてみせた「落とし物」だとすると、それをひろった人は警察署に届け出なければいけないし、警察署は「落とし物、見つかりましたよ」とか言って、クマさんに返してやり、銀行は逃げてしまったクマさんに賞金を払うことになり、クマさんも「落とし物」をひろってくれた人に一〇パーセントほどのお礼を払わなくてはならない。

　うひゃー、一〇億円の一〇パーセントは一億円だ！

　クマさん、払うの？

　でも、クマさんがカバンごと、命と引き換えに投げ「捨てた物」だとなれば、持ち主がいなくなったわけなので、交番に届け出ることもいらないし、一〇億円はそっくり、ひろった人のものになる。

道ばたに捨てられた紙くずと同じだ。

ひぇー、銀行は、ひろった人に一〇億円の賞金を支払うことになるのだ。

でも、この場合、だれが落とし物を「届けた人」や、捨てた物を「ひろった人」になるのだろう。カバンを「枝から落とした」ショッピングセンターの店員さんか、棒を持ってくるように「指示した」店長さんか、それを「命令し」ただけのおまわりさんだろうか？　それともおまわりさんに手渡した小さな女の子だろうか？

それにクマさんが捨てたつもりなのか、落としただけなのか、だれにもわからない。

いっそ、ビリビリに破いて川に流してしまえば、だれにも一〇億円は支払わずに済むから銀行はウッハウハ。でも、そんなことしたら犯罪になるのではないか。

というむずかしい、前代未聞の「事件」になっていた。

しかも銀行は突然、先制攻撃みたいな記者会見を開いて、こう言い出した。

「銀行としては、あの宝くじは持ち主のクマが逃げていなくなったし、だれのものでもなくなった。そもそもクマに販売するつもりなど毛頭なかったわけで、運命の手違いというか、神さまのいたずらでこんなことになってしまっただけのこと。

今回、おまわりさんを始め大勢のみなさんのお力で取り返していただいたわけで、感謝しておりますが、これはもう、売られるべきではなかったものとして、元の銀行に戻していただくのが一番ですな。もしクマが、いまになって返してくれと言っても、自分でカバンごと投げ捨てているんだからそれはないでしょう。もはや手遅れです。それに「ひろった」だの、「落とし物を届けた」などというお話は、いけませんなー。

見苦しいというか、ニンゲンの欲望がみえみえです。

どうしても「お礼が」ほしいと言うなら、どうぞ、だれかあの宝くじをクマのところまで届けてやってください。住所はわからないし、もしわかったとしても、クマの洞穴へ届けに行く人なんているんでしょうか？　アルバイトを募集しても怖くてだれも応募してこないでしょう。おまわりさんだって、いくらピストルを持っているからといっても、行くのはイヤだろうし、郵便局に、ちゃんと届いたか確認できる『書留』で配達を頼んでも、郵便局員さんだって困るでしょう。間違いなく『住所不明』で戻ってくるのが関の山。

最後の方法は、クマに銀行へ来てもらうしかないが、そのことをどうやってクマに連絡したらいいのか。クマが出歩きそうな町のはずれや森のいたるところに『クマさん、銀行に来てください』って看板やポスターを張り出しますか？　森に向かって選挙みたいにスピーカーで呼びかけたり、「銀行に来て下さい」ってテープを流すんですか？　それともプロレスの興行やデパートの売り出しじゃないけど、飛行機で空からビラをまくんですか？　でも、そのビラをクマがはたしてひろってくれるか、読んでくれるか、となるとその保証はどこにもない。

そのうえ、いざ、クマがそれを知って町にやって来るとなったら、さあ大変。市民の安全のためにおまわりさんたちの厳重な警備が必要だ。いつやってくるかわからないそのときのために毎日毎日、警戒するおまわりさんたちはやがてヘトヘトになってしまう。

そんなバカていねいなことをしていたら、いつ解決するやら見当もつかないでしょう？

アハハハ。これはもう、市民のみなさんのご理解は得られるものと思いますがなあ。

ああ、めんどうくさい」

うーん、なかなかうまい言い訳、考えたなあ、と感心する市民もいた。

つまり、あの宝くじを銀行のものにしてしまえば、賞金はだれにも払わなくていいから銀行はそっくり一〇億円の大もうけ。クマに売ったおかげで幸運にも、大金を支払わなくてすむ。だから、さっさと銀行に返してくれ！　というわけらしい。

ところが市民の反響は、意外なものだった。

テレビの街頭インタビューで、

「なんか心のすみにひっかかる。ニンゲンがずるしたみたいでイヤだ」

「ほんとはクマさん、どんな気持ちか、聞いてみたい」

「ニンゲンはクマに対して、どこまで誠実に接するべきなのか……」なんてクマさんに寄り添うような声がずいぶんあったのだ。

その一方、過激な声もネットなんかで噴き出した。

「銀行が知恵を絞って宝くじをクマに返してやるなんてナンセンス！」とか、

「そもそもなんでクマに宝くじを売ったのか、責任者を出せ」とか、

「なんであろうと山のクマなんかに賞金を払うバカはいない！」とか、

「でも、庶民としては銀行の一〇億円まるもうけはごうまんだ」とか。

ちょっといろいろ問題発言も多いけど、「クマに支払わないのは憲法違反になるのではないか」という法律の専門家の投書まで新聞社に届くようになった。

とうとう、ある朝、新聞やテレビが一斉に報道したのだった。

「宙に浮く一〇億円の宝くじ！」

「あの当たり券は、だれの手に！」

こうなると警察署の方もメンツがある。

「万が一、クマが取り返しに来るかも知れないので、一応、おまわりさんを町のあちこちに巡回させて警戒しております」

と発表したけれど、さらにちょっとした騒ぎまで、持ち上がった。

あの日、現場にいた二人のおまわりさんが、「カバンが男にひったくられそうなったのを取り返したのは私たちだ。だから賞金ぜんぶとは言わないけれど、半分とか三分の一くらいとかは、私ら二人がもらってもいいんじゃないかなー」と不満をもらしたのだ。

それを聞いた警察署長さんも、今回の騒動で活躍した二人に「署長感謝状」を贈ったとき、「クマを逃がしたのはどうでもいいけど、一〇億円の大事な値打ちのあるカバンを確保したのはお手柄だ。そんなおまわりさんに賞金の一部でも分けてやりたいもんだね」と取材に来た記者たちに話してしまい、それがまた新聞やテレビに出たりして……。

ネットでも賛否入り乱れ、いっそ一〇億円を「市民に配れ！」という声まで上がった。

とうとう裁判所が「そういうことなら銀行や警察署の言い分を認めていいものかどうか、そもそもクマさんの権利はどうなるか、裁判をするしかありませんなぁー」と言い出し、クマさんの弁護士も決まって裁判が開かれることになったのだった。

それで、あたしたちはいま、町の裁判所に向かって自転車をこいでいるわけなんだ。裁判の見学は自由なんだけど、希望者が多いと抽選になる。そのときは抽選券をもらって抽選に当たらないと見学できない。それで朝早くから多くの市民が裁判所の前に行列をつくったのだった。

ミッちゃんとあたしが向かったのはその裁判所だ。

初めて行く場所だし、大人の世界だし、少し、恐ろしげ。

でもミッちゃんは、ひとみをくりくりさせて、るみ、あたしたちも行こうよ、見学してみようよ、おもしろそう！　勉強になるし、夏休みの自由研究になるかも！

それで勇気を出して、駅裏のあのショッピングセンターと線路をはさんで反対側の安国寺通りの十字路交差点の角にある裁判所に向かったのだった。

道の途中に線路をまたぐ大きな跨線橋という陸の橋がある。そこからは眼下に駅構内の川のように集まっていく本線や引き込み線など無数の線路が一望できる。そして春、橋の頂上で一本の桜が満開になる。夏は海の方から吹き寄せる涼しい風が気持ちいい。

でも自転車を押したり、乗ったりして跨線橋を上っていくのは重労働だ！

裁判所のある交差点は跨線橋の坂道を下った先だ。下りはとってもラクチン！

その交差点をまっすぐ北に突っ切ればまた上りの坂道で、それをくの字に曲がりながら上ると中学校のグラウンドや松林に出て、その先は砂丘の崖で、目の前は海だ。交差点を西に左折しても坂道で、そのまままっすぐ上がっていくと五智如来の五体の仏像が安置された国分寺など神社やお寺がある、山桜の名所の丘陵地になる。こうした景観は、ぜーんぶ、大昔の砂丘の上にある。ここは蜃気楼みたいな起伏する砂丘の上の町なのだ。

裁判所はそんな風景が広がる交差点の一画に、背の低い塀でぐるりと囲まれて、エンジ色の異国風のかわらぶき、赤レンガの壁も一部に残っている二階建ての建物だった。

文鎮みたいないかめしい門を入ると、だだっ広い広場があり、奥の玄関に向かってアプローチの途中に腰の曲がった松の老木が一本だけ植えられている。

もうそのあたりまで、抽選券を求める市民の行列ができていた。

あたしたちの順番がきたとき、裁判所の男の人が戸惑って、こう言った。

「キミたち、小学生かい？　うーん、これはめずらしいなぁ」

あたしは、小学生はだめなのかな、まずい！　と思ったけど、ミッちゃんはいつものように落ち着いて学級委員みたいに話しかける。

「はい、あたしたち、興味があって……。クラス代表の自由研究です！」と言った。

えー、とあたしはビックリした。

「ほー、そうなんだ。自由研究かい、それなら、うーん、抽選なしでいれてやっか。勉強だからな、特別だ。そのかわり静かにしてなくっちゃいけないよ」

やったー、自由研究は、「水戸黄門」様の印籠だね、って二人で笑いあった。

とっさの作戦が大成功！

玄関を入ると、ひんやり、ヘンな匂いがした。なんかカビ臭い。普段あんまし人が出入りしないからだなと、あたしは恐る恐る想像した。玄関に入るとまっすぐ二階に向かって階段があって、その階段を上がると廊下が左右の奥に向かってのび、廊下に面して片側にだけ部屋がいくつかくっついて個室みたいに並んでいた。

みんなは「第一法廷」という白い表札みたいなのがぶら下がった部屋に入っていく。あとについてそっと木のドアを引くと、目の前の正面、頭よりも上くらいの高さに、横一列になった高級そうな大きな机の「ひな壇」が見え、その後ろにこれも特別製みたいな背中がすっぽり入る黒革張りの椅子が三つ並んでいる。それは裁判長や裁判官の席で、その席から見下ろす床に、ひな壇の裁判官に向かって話をする証言台の小さな机、部屋の両隅に左右に別れて配置された長机と椅子、そこへ出入りするそれぞれの扉があり、「これ以上は立ち入り禁止」の低い格子の木の柵もあって、そこから手前一面に椅子が並べられていた。まるで映画館の観客席みたいだ。ここが市民の見学席だ。

部屋の床も調度品もすべて木製。床は歩くとギシギシ音がしてビックリした。

なんかテレビの刑事ドラマより、しーんとしていて、本格的ですごい！

あとで調べると、この場所が、弁護士さん同士がやりあったり、おまわりさんが集めた証拠を手に犯人を追及するお仕事の「検事さん」が登場する白熱の「弁論の場」で、その手前の市民の見学席は「傍聴席」といい、その最前列に白いビニールの背カバーを被せた二列くらいの椅子があるのは、新聞やテレビの記者たちが座る専用の「報道席」だった。

で、あたしたちは通路の真ん中あたりの端っこの席にそっとしていることにした。

やがて、裁判所に頼まれてクマさんの弁護をするお年寄りの弁護士が、薄っぺらな風呂敷包みを大事そうに抱えて右側の扉から現れた。ほとんど同時に反対側の左側の扉をバタンと開けて、銀行やおまわりさんの言い分を述べる若い弁護士も現れた。

バタン、バタン、あっちからこっちから扉が開いてビックリした。

それからゆっくりとひな壇奥の正面の扉から、黒ずくめの「法服」という衣装を着た裁判長があらわれた。

「あっ、女性の裁判長だ」

一斉に全員が起立して裁判長を迎える。

あたしたちもあわてて起立した。

この日の裁判は、いかめしく言うと「クマによる一〇億円宝くじ当選券の所有権をめぐる争い」なんだって。事務室に置いてある裁判の予定表の「事件簿」という黒表紙のノートに、ちゃんとそう書いてあるって新聞記者のお兄さんが教えてくれた。

つまりクマさんのカバンの中の宝くじは「いったいだれのものか」という裁判だった。

二、番狂わせの裁判

女性の裁判長が木の槌でゴンゴンと机の上をたたいて、いよいよ裁判が始まった。

傍聴席は市民で満員御礼。テレビ局や新聞社の記者たち、途中で外に知らせに行く若い記者たちもうまく抽選をクリアしてちゃんと座っている。

なぜだか、あたしたちのあとから入ってきた子どもたちの一団もいて、かわいらしい花柄のスカートをはいた女子中学生もいた。

「ねえ、クマさん、来るのかなー」

あたしはミッちゃんにひそひそと聞いた。

「だから来ないって言ったじゃん。クマに一〇億円の権利はもうないはずだよって。だってカバンを投げ捨てて逃げたんだから」

ミッちゃんは冷静に答える。

「ふーん、そうかなあ。でもこれさ、まじ夏休みの自由研究だね？」

「そうだね！　どうなるもんだか、ちょっとワクワクだね」

そのとき、少し離れたあたりで、ゴホンゴホンとわざとらしい咳をする音がした。

振り返ると黒っぽい帽子にサングラス、口元には大きな白いマスク、手袋をして長ぐつをはいた、夏なのに暑そうな格好の毛むくじゃらのおじさんが壁際に立っていた。

あたしたちは黙って静かにした。

裁判中は静かにするよう言われたし、おしゃべりは禁止なのだ。

最初に銀行側の生意気そうな若い弁護士が発言した。

「先頃、あってはならないとんでもないことが町で起こりまして、クマに一〇億円の宝くじが当たるという、フン！（めんどくさがって鼻を鳴らした音）、前代未聞の事

案です」

ふーん、こういう場所ではなんでも難しそうな言葉を使うのが決まりなのかな。

「証拠物件を」

「はい、カバンです」

「中身を改めてください」

裁判長の指示に、弁護士が、さもやだやだそうに答えた。

「はい、問題の当たりの宝くじ一枚と、財布。財布にはいくらも入っていません。お札が二枚と小銭です。小銭は十円玉と五円玉と一円玉数個、それから一〇〇円玉が九枚、それに、まあゴミみたいな新聞記事の切れ端」

「ほー、なんの記事ですか？」

「本件事案（＝この裁判）と関係ありませんので説明いたしません」

このとき、クマさんの弁護士が立ち上がって発言を求めた。

「裁判長、その新聞記事の切れ端は、後に本件での重要な証拠となる可能性があると思いますので、この際、その内容を朗読するよう求めてください」

「ふむ、そうですか、では銀行の弁護士さん、読んでみてください」

「はあ？　関係ないですけどね」

若い弁護士はふてくされたような気のない声で読み始めた。

「宝くじ、当選したのに引き換えに来ないキミ、もったいないぞ
――でも安心、ちゃんと子どもたちのために使われます！」

「最近、一等賞金が一〇億円にもなって人気急上昇中の宝くじだが、一等を含め一年以内の引き換え期限内に賞金を取りに来ない人がけっこう多いそうだ。この不景気なときにもったいない話で、町の銀行は『せっかく射止めた幸運ですから、ぜひ当たり番号を新聞で確認して引き換えに来てください』と話している。

銀行によると、期限内に取りに来ない賞金の総額は毎年、何億円にもなっている。

そこで今回、そうした『もったいない賞金』を全額、町に寄付し、銀行の本店があるこの町の子どもたちのために役立ててもらうことにしたという。

というのも、今回の『夢の宝くじ』は銀行救済の特別のもので、今回だけ特別に宝くじを売ったもうけはそっくりぜーんぶ銀行のものになる仕組みなんだそうだ。銀行にとってはウハウハの『魔法の宝くじ』だけど、それだとあんまり銀行ばかりがもうかってしまうので、みんなに悪いからと、いままで悩んでいた。

そこで『もったいない賞金』に目をつけて、それだけでも町の子どもたちの役に立ててもらいたい、と銀行の善意を示すことになったらしい。

銀行の担当者によると『どなたであろうと、引き換えに来られれば賞金はお支払いしますが、当選番号のくじを買った人がいるはずなのにだれも取りに来なかった場合は地域にお返しし、子どもたちのお役に立ててもらうのが一番だということになった』という。

町は大歓迎で、そういうことならさっそくこれまで予算不足でなかなか手が回らなかった『子ども応援事業』に使うことにするつもりだという。

この日、銀行と町がそういう約束を交わしたからで、当選者が『オレは賞金はいらないよ』と受け取り放棄の宣言をした場合も、まあ、そういう人はいないと思うけど、同じ扱いになるという。つまり、神棚に上げて忘れてしまった『当たり券』も、風に吹かれて飛んでいった『当たり券』も、ゴミ箱に捨ててしまったりした『当たり券』も、どんな場合もその賞金はムダにはならず、銀行のものにもならず、すべて子どもたちのためになるので、とにかくみんなどんどん買ってほしいというのが銀行の本音らしい。

ちなみに、売れ残った宝くじは回収されて抽選から除かれるので、そういうくじが当選することはないそうだが、万が一、買った人がいない宝くじが当選する、なーんていうケースが起きても、それはこの際、あんまり考えないでほしいとか……」

「……むにゃむにゃ、記事の内容はまあ、こんな感じで、なんだかよくわかるようなわからないような記事ですが、もういいでしょう、要するに今回の宝くじは銀行のお得になるだけじゃなくて地域にとっても無駄にはならない、だからみなさん、買いましょう、という一般的な、ごく当たり前のことが書いてあるだけなんで……」

若い弁護士はそう言うと、新聞記事の切れ端をひらひらさせた。

「まあ、あえて申し上げますと、これをクマはどうやって手に入れたのか。クマは新聞を読むのか。それだけでもこの切れ端はうさんくさいし、その違法性（＝法律に違反している可能性）は明らかで、証拠にはなりませんな！」

「きっとどこかの家の新聞受けで盗み読みして、ちぎったんだ！」

傍聴席から意地悪なヤジが飛んだ。

「静粛に（静かに）してください」

裁判長はやさしく注意した。

へー、すごいね。裁判長は傍聴席にも声をかけるんだ、と思った。

「では、証人を。銀行側の証人どうぞ」

「銀行の担当者です」

「前の席に座ってください」

裁判長の前の小さな机と椅子の席で質問を受けるみたいだ。

「銀行の事情をお話ししてくれますか？」

出てきたのはやっぱり、あの上司さんだった。

「えー、銀行といたしましてはですね、クマさんにお支払いしたいのはやまやまなのですが、いまとなっては本人がいませんので、不可能です。それに最近、銀行の方は国の方針もあって、ちっとももうけが出なくて、このままでは破産してしまうかも知れないんです。それで今回、銀行が特別に宝くじを発売し、その利益を銀行の経営に生かそうという試みが創立一〇〇年ということで実現したわけです。なのでこの宝くじの賞金は払わないで銀行のものにして、経営に役立てたい、そういう苦しい事情もお考えください」

「できたら賞金を払わずに、銀行のもうけにしたいのですか？」

思わず甲高い声になった裁判長の質問に上司さんは、苦笑いして答えた。

「いや、もちろん、当然、当選されて引き換えにおいでになった方にはお支払いいたしますよ。でも、なんというか、今回の場合、まあ、はっきりとは申し上げられませんが、そのう、相手がクマで、そこは合理的にといいますか、常識的に、人道的に、あうんの呼吸というか、一〇億円の賞金を払うか、それとも払わないですむかでは、これはもう銀行としては大違いなので、そのう、私どもの立場ではこれ以上は申し上げられません……」

「なんだかわかりませんね。なにやら、あらぬ誤解を招きそうですが……」

「ゴカイは仕方ありませんね。事情は事情ですので、ご推察ください」

「ふーん、ずいぶん銀行は強気だな。この際、はっきり言ったらどうなんだ！」

傍聴席からまたヤジが飛んだ。たぶん、クマさん本人が欠席しているので、市民としては歯がゆくてイライラしているらしい。

「つまり、クマさんはいなくなったんだから、銀行のものにしたいわけですね」

「わかりました。では次、おまわりさん」

二人のおまわりさんのうち一人は、おじさんふうのおまわりさんだった。

「恥ずかしながら、あたしらは給料が安くて仕事はきつい。奥さんと娘と小さい男の子の四人暮らしで生活は苦しいんだ。こういうお手柄なんて一生に一度っきり、もう二度とないと思いますので、権利があるならと……」と遠慮がちにご褒美を期待した。

もう一人は若いおまわりさんで、まだカノジョもいないらしく、スマホのゲームでお金を使ってしまって、こちらもお金がないと訴えた。

「ほんとうは刑事になりたくて勉強しなくっちゃならないんだけど、毎日くたくたの交番勤務で、辛いんです。せめて賞金の一部でももらえたら法律の教科書なんかも買いそろえて一生懸命勉強するのですが……」というわけだった。

うーん、賞金をもらったらほんとに勉強するの？　クスクスと笑い声が起きた。

ここで若い弁護士は、町の猟友会のメンバーを証言台に招いた。

「あなたは長年、クマの被害と向き合ってきたわけです。春のタケノコ採りでクマに出くわして殺されてしまった人や、けがをした人、クマに爪でひっかかれたり牙で噛まれたりする恐ろしさも知っているわけです。そのうえでお聞きします。そんなクマに一〇億円を支払うべきですか？　それとも払うべきではないですか？　これは大げさな、新聞の投書にあるような『憲法違反』とか、法律的にどうこうとかいう話ではありません。むしろ感情的に、自分の気持ちが許せるか、許せないか、受け入れることができるか、できないか。もったいなくてクマなんかにやれないと思うか、ドブに捨てる気でクマにやるか、そういうことです。なにせクマなんです、相手は。

それもどこに住んでいるかだれもわからない。さっさと銀行に戻してもらうか、おまわりさんと分けあう方がみんなのためにいいと思うのですが、どうぞ」

「これは誘導尋問です！」

クマの弁護士さんは立ち上がって、若い弁護士に質問を変えるように求めました。

「誘導尋問」というのは、自分に都合がいいような返事を相手にさせようと、答えをしのばせて催眠術をかけるみたいに質問するずるいやり方。なんとなく質問を聞いているうちに、つい、そういえばそうかなって誘導されてしまう。これは禁止されている質問なんだって。

「まあ、いいんじゃないでしょうか。銀行側の弁護士さん続けてください」

「ですからね、単純な法律論では解決しません。だって当事者のクマはいないんですから。あたしたちだけで処理するしかないじゃありませんか！」

なんか強気一辺倒の聞き方だった。

ところが猟友会のメンバーの発言は、意外なものだった。

「私は猟友会でもう四〇年、クマやイノシシを駆除してきていますが、クマが人間を襲うときにはそれなりの事情が、クマにも人間にもあります。とにかくお互いに望んでもいないときにヤブや森の中、最近は畑や家の前なんかで出っくわしちゃうもんで、肝っ玉が縮んじまう。クマだって人間が怖いんです。人間だってクマが怖い。そういうことでクマが人を襲い、私らが駆除を命じられて、山の奥深く追い詰めていくんですわ。それでやっと見つけて、撃つぞーって時は、そりゃクマも人間も命がけで必死なもんです。

ただズドーンと撃って殺してしまえばいいっていうってもんではありません。クマは最後の力を振り絞って逆襲に出てきます。もうダメだって悟るんでしょうな。その命を私らが奪うんです。ですから、すべてが終わってから、クマの死骸のまわりに集まって、おごそかにクマを鎮める儀式をします。クマの魂を天に帰してやるのです」

「なるほどぉ、それでどうなんです？」

弁護士はそっくり返って急かす。

「まあ、クマの弁護をするわけではありませんが、江戸時代の昔から記録がある限り、クマが人を襲った、人を食べた、なかには子どもの女の子まで食べた、という事実は判明しています。でも人間の方も、高い値段で売れるクマの毛皮や、肉や、漢方薬になる肝を取るため、毎年、これまでに何万頭ものクマを殺してきたわけです。

　春早くに雪を踏んで山を歩き、クマが冬眠しているところを見つけ出し、その洞穴を包囲し、煙でいぶして、苦しくなってクマが出てきたところを待ち構えて鉄砲で撃ったり、秋に山で歩いているクマを見つけると、みんなに合図して、尾根のあっちこっちから騒ぎ立ててクマを追いかけ、クマがパニックになって一目散に谷に逃げるところを待ち伏せして撃つ。クマは死にたくない。必死に逃げる。それをあたしらは殺すんですわ。

　ですからクマは人間に命をくれる、ありがたい森の神さまだった。

　ただ最近は、そんなクマとどこでも出っくわします。特に子連れの母グマは必死で子どもを守ろうとしますから凶暴にもなります。そうなると、ただのキケン動物ですわ！　山のエサ不足が深刻になったからか、人を恐れるひまもなく現れる。その理由はよくわかりませんが、クマはどうやら山奥と町を往復しているようですなあ」

そしてこんな話を続けた。

「クマには昔から二つのタイプがありましてね、どこまでもまっすぐ山の中を歩き続けるクマと、うろうろ歩き回るクマです。どこまでもまっすぐ歩き続けるクマは必ず山の頂上に登る。そんなクマはマタギ（クマを追う猟師）は追わない。だってそいつは何か目的を持って一日に二〇キロも三〇キロも歩くクマだからです。

そういうクマは山の頂上に登って、いったいなにを考えてるんでしょうかねー」

猟友会の人は最後にこう言った。

「難しいことは私らにはわかりませんが、クマが買った宝くじなら、そりゃクマのもんじゃないでしょうか、私はそう思いますんで。だってクマがオレのもんだって言ったんでしょ。クマのカバンから出てきたんでしょ。それを勝手に取っちまって、人間が分けあうってずるいでしょうよ！　クマのほんとの気持ちを聞かなくちゃあー」

「あのですね、クマはいないんです。聞けないじゃないですか？」

「みんなで山に行きましょうよ。クマがなんで町に来るのか。ひもじいのか、遊びに来ているだけなのか、みんなで山に行けば、そういうことがきっとわかるはずだ」

「話にならん！」

そのとき傍聴席の後ろの端っこの暗がりにいた真っ黒なおじさんがブルブルと震えて、サングラスの下から、ぽたぽたと涙をこぼして手でぬぐっているのが見えた。

「悲しい歴史だなっす！　オレ様たち！」

あたしはそれを振り返って見た。手袋が脱げそうになってあわてて直している姿も、しっかと目撃した。ひじでとなりのミッちゃんに合図した。

ミッちゃんは真剣なまなざしで裁判に集中していて、やめて！　とあたしを無視した。

裁判はだんだん、おもしろくなっていきそうだった。

三、白熱する議論

「クマさんの意向はいかがですか？　まあ聞けるわけがないでしょうが……」

女性の裁判長は前髪に指でそっと触れながら、考え込むようにうつむいていた顔をちょっとだけ上げて、首を斜めにかしげて、クマさんの弁護士にたずねた。

クマさんの弁護士はベテランらしくゆっくりと話し始めた。
「まず申し上げますが、クマ一般の評判については、これはまあ、否定はしません。でも、このクマさんは、よーく思い出してください、大騒ぎになった宝くじ売り場の前でも、ショッピングセンターの店内の大捕物でも、だれ一人、売り場のおねさんにもパートのおばさんにも、けがはさせていません。つまり、このクマさんには、まあ、通路の商品展示なんかをぶっ壊したという器物損壊の疑いはあり、弁償する責任もあるわけですが、人間を襲ったという事実はありません。ですから、これまでの人を襲った恐ろしいクマのイメージだけでこのクマさんのことを考えるのは、お門違いです。

もちろんクマは人間を襲う『能力』を持っています。でもそんなことをいったら、人間だって、いつ台所の包丁を持ち出して人を殺してしまうか、わからないじゃありませんか。都会では毎日のようにそんないたましい事件が起きていますよ。

そこにいくと山のクマさんは、そりゃー危険な動物ですが、人間ほど悪質じゃありません。町に出てくるのはきっとおなかが空きすぎてふらふらになったからで、甘い柿やほくほくしたクリや香り高いブドウなんかを目当てに出てきただけ。人間を食べようと思って町にやって来るわけではありません。しかも、人間が避けようと思えば避けられる。クマのエリアの山奥までタケノコとかキノコとかを採ろうと入り込まないとか、全部取らないで少し残しておいてやるとか、クマの鈴とかで合図して午前中はクマの番、お昼からは人間の番とか、順繰りに交代で山の恵みを分け合ったっていいわけですから！

村や町の人だって早朝のジョギングには気をつけるとか、深夜は家の中にいるとか、クマは夜行性動物って言いますからね、そういう知恵は、人間なんだから、大いに工夫し、互いの生活を尊重して友好的に接すれば、クマだってわかると思うんです。クマが嫌がる垣根を設けたり、追い払う勇敢な犬を育てたりしてね。

町になぜ出てきたかは、なぞですが、それもこれも冷静に生物学的に『生きもの心』というところまで含めて深く研究すれば解決できるはず。問題は知恵なんです！

しかも、このクマさんはですね、むしろ被害者！　クマさんの一〇億円の宝くじをドロボーしようとしているのは人間の方なんだから！」

「不穏当かつ不適切な言葉です、ドロボーだなんて！」

銀行側の弁護士さんがふくれっ面で、すぐに抗議した。

ああ、おもしろい！　裁判って、こんなふうなの？

ミッちゃんも、目をきらきらさせている。

「わかりました。失礼しました。ちょっと口が滑りましたが、とにかくそういう人を、いやクマをですね、悪者にして宝くじを取り上げてしまおうとか、賞金なんて渡せるかっていうのは、そりゃあ人間様につごうのいい、虫のいい話、いや、人のいい話、つまり、あー混乱しそうになりますが、『差別』の論理だ！」

うーん、こちらもだんだん熱くなってきたみたいだ。

「ですからね、クマは危険なやつだからって賞金なんてやれるものかというのは、犯罪者でもないこのクマさんを、えー、最初からまるでおそろしい悪者かなんかのように言いふらして仲間はずれにしようっていうのと同じで、いわゆるいわれなき偏見であり、まさに無実の人に罪をかぶせる『えん罪』の論理であります！」

「おお、またなんと大げさな！」

クマさんの弁護士の方をにらんでいた銀行の弁護士はカッカしている。

思わずガタッと席から立ち上がると、顔を真っ赤にして反論をまくし立て始めた。

「だってクマから一〇億円を取り上げたところでだれが迷惑になるって言うんですか。

むしろ、それこそみんなのためになるでしょうよ。クマのドングリ代に消えていくなんて、役に立たない政治家に高い給料を払っているのと同じじゃありませんか。

その金を取り上げてみんなで分けたら、その方がずっとみんなのためになる。それと同じだ。クマにやるこたぁーない！　だってクマは捨てたんですよ。しかも宝くじは人間に販売されるべきもので、犬やネコやタコやクマに売られるなんていうことは、常識的にだれも考えてもいなかった。法律的にも想定されていないわけです。ですから、今回のクマへの販売そのものが、いわば法的に無効なんだ！

しかもですね、論理的に言うと、あの当たり券は、そうそう、さっき読まされた新聞記事によると、そう、そうなんだ。銀行の担当者が言っているように、『当選番号のくじを買った人がいるのにだれも取りに来なかった場合は、その賞金は元気な子どもたちのお役に立ててもらいたい』ということで、そりゃ一度は取りに来たけど、その後に投げ捨ててしまったんで、もう持ち主はいなくなってるんです。だれのものでもなくなったんです。

つまり、だれのものでもない当たり券という、きわめて珍しい宝くじになったんですよ。まるでだれにも買われずに売れ残った宝くじみたいなもんだ。だれのものでもないなら、当然、だれにも賞金を支払う必要はないじゃないですか。一〇億円は銀行のもの！」

いよいよ腹が立ってきたのかな、とあたしはワクワクしながら思った。

するとまた、こっちも負けずと、クマさんの弁護士が立ち上がる。

「とにかくそれが銀行側のホンネなのでしょうが、事実は事実。宝くじがクマに販売されたということと、それが一等に当選したということは、これはもう紛れのない事実であり、否定はできません。法的な想定？　なんですかそれ。そんなら最初からクマなどの動物には売らないこと、と法律に書いておけばいいじゃないですか。

まったく関係のない主張ですよ！

そういう言い分はですね、宝くじを売っておいて、あとでそれが当選したとわかって、ええーっそうなのー、と驚いて、あわてて売ったことにしないことにして、くじを返して！　と頼むようなもの。それになんですか、『売れ残った宝くじと同じ』だなんて。なんと自分勝手で都合のいい『へりくつ』なことか。恥ずかしいですな。

よって、こちらの主張は以下の通りです。

クマさんに所有権があります。

クマさんが自分で一〇〇円を払って買ったものだし、自分で宝くじ売り場に賞金を取りに来ています。カバンごと投げ捨てたかのように見えるのは自分の命を救うために一時的に、人間の欲望を利用して逃げ出すチャンスをつくっただけで、それをもってクマさんが当たり券の権利を放棄したとは、とうてい思えません。法律的にも人道的にも常識的にも一等一〇億円の当たりくじはクマさんのものであります」

　くっそーっ、という声が傍聴席からもれた。

　あんな弁護士は「うんこ」みたいなやつだ！　という声もした。

　あたしはふと思った。

　もしあの時、あのままクマさんが殺されていたら、一〇億円の宝くじはどうなったんだろう。やっぱり人間たちで分け合うのかな？

　そのとき、なぜかクマさんの弁護士は、銀行の弁護士にこんなことをたずねた。

「ところで確認しますが、先ほどのクマさんのカバンに入っていた新聞記事の日付は何日になっていましたか？」

「はあ？　さっきのですか？」とふくれっ面の銀行側の弁護士。

「そうです。あの、ちぎられた新聞記事の日付です。もちろん記事を読んだ市民は知っていると思いますけど……」とクマさんの弁護士。

「えー、まあ、そうでしょうが……」と銀行側の弁護士。そうつぶやいて透明な書類入れにはさんだ新聞記事の切れ端を頭の上まで上げて調べはじめた。

そして、ふっと笑って、

「えー、残念ですが、クマにちぎられたこの新聞記事の切れ端には日付の部分が残っていません。つまり、いつの新聞記事かわかりません！」

「では、調べてもいないのですね」

「えーっ、必要なんですか！」

銀行側の弁護士はびっくりしたように聞き返した。

「それならけっこうです」

クマさんの弁護士がそう言って着席した。

「では、これで両方の言い分は聞きました。判決は、午後三時から申し渡します」

一斉に起立して裁判長を見送った。


「うーん、なかなかおもしろいやりとりだったね。どうなるんだろう」

ミッちゃんは「ちょっとむずかしかったけど、こういう言い合いってクラスでもあるよね。男の子たちってずるいから、女子は言い負かされないようにしよう！」。

「うん」

あたしはなんだか飛び跳ねたい気持ちで、ワクワクだ！

弁護士さんたちもいなくなり、がやがやがやがや、ぞろぞろぞろぞろ市民は傍聴席の後ろのドアから廊下に出て行く。

「それにしてもクマ野郎、どこにいるのか。クマのものになったって、いったいだれがクマに宝くじを渡すっていうんだろう。ねえ、どうなりますう？」

廊下で聞かれたおじさんは、どう答えていいかわからず、うなずいて笑うだけ。

傍聴していた女子中学生たちも、三時ねー、とうなずきあって、まるで遊びの約束みたいにスキップしてみんなで裁判所をいったん後にしたのだった。

四、どんでん返しのどんでん返し

さて、判決はあっさりしたものだった。

「判決を申し渡します。裁判所はクマさんを正当な宝くじの所有者として認めます。その理由について。クマが自分の財布から出した一〇〇円のお金で宝くじを買ったことは、多くの目撃者がいるので間違いない。また賞金の引き換えに来たときにも多くの市民に目撃されており、宝くじがもともとクマのものだということは明らかです。しかもそのことは翌日の新聞にでかでかと書かれている。なので宝くじが地面に落ちた段階で、落とし主クマの所有する『落とし物』の宝くじとなった。木に向かって放り投げたのは欲に目がくらむ人間たちが驚いているすきに逃げ出そうという、自分の命を守る正当防衛とみられ、自ら進んで捨てたとは、つまり所有権を放棄したものとは到底思えない。

したがってあの宝くじは『クマの落とし物』であり、それをひろった形になったおまわりさんたちは、その当たり券をクマに返した場合にだけ、いわゆる『遺失物法』（落とし物についての法律）によってお礼をもらえる。

また銀行は当たりくじの持ち主であるクマにすみやかに賞金を支払うこと。以上です」

おおっ！　傍聴席の市民から感嘆の声が上がった。

これだとおまわりさんへのお礼は、ふつう一〇パーセントだとして、一〇億円の一〇パーセントで一億円。二人で分けても一人五〇〇〇万円！

おまわりさんたちは二人して抱き合って笑い転げた。

こうなると、あとはもう一刻も早くクマさんを探し出して一等の宝くじを返し、クマさんに銀行に行ってもらって、賞金を受け取ってもらわなければならない。銀行の方は仕方ないので、どうやってクマに支払うか、さっそく本店で会議することに。

すかさず、クマさんの弁護士の若い助手が裁判所の門のところまで走っていって、両手でさっと用意していた紙を広げた。


「クマさん勝訴！　一〇億円はクマさんの手に！」


それを新聞記者やテレビカメラが、わっと囲んだ。

きっと夕方のテレビニュースや翌日の新聞にでかでかと出るのだろう。

すごいね、クマさん、取り戻したね！

裁判所の門の前では、中継車の横でテレビのコメンテーターがメモを手に、さっそく「こちら裁判所前です」と実況中継の準備を始めた。

取り巻いていた市民たちからは、うーん、という複雑そうなため息が漏れる。

そんなころ、判決の言い渡しが終わって興奮気味な余韻の残る裁判所では、裁判長が銀行側とクマさんの弁護士の二人に向かって、おだやかに話しかけていた。

「ところで銀行はどうやってクマさんを探し、賞金を支払いますか？　クマさんの方はこの判決を受けてどうしますか？」

そのとき、予想外の驚くような発言が、クマさんの弁護士から飛び出した。

「裁判長、実は、今日の判決は予想しておりまして、宝くじがクマさんのものだと決まったので、この際、申し上げようと思います。

実は、そのためにさっき、クマさんのカバンに入っていた新聞記事の切れ端を読み上げてもらったわけなんですが、つまり、もはや、どうやってクマさんに一〇億円を支払ったらいいかと悩むのは『必要のない心配』だということがわかっております」

みんな、きょとんとしてクマさんの弁護士に顔を向けて次の言葉を待った。

「あらっー」と裁判長もびっくりしている。

「さっき読んでもらった新聞記事を思い出してもらいたいのです。

なぜ、それが『重要な証拠になる』と私が述べたのか、これから説明いたします。

まず、あの記事はいつの日の新聞にのっていたのか、わたしは調べました。けっこう興味深い記事なので多くの人が読んでいたし、そのことを記憶しておりました。で、町の図書館に行って、目星をつけた過去の新聞のつづりを見せてもらって、何日分も紙面をめくってさがしました。ありました。なんと宝くじの当選番号が発表されたその日の新聞にのっていたのです。つまり、あの朝に配られた新聞をどこかで見つけ、番号を確認するときに、あの記事もちぎっていたのです。きっと、どこかの家の新聞にちぎられたあとがあるはずで、家の人は新聞販売店にクレームを言ったかもしれませんな。

では、なぜ、クマさんはちぎったのか！

そして、なぜそれを、カバンにしまっておいたのか。

私は考えました。ついに達した信じられないような結論は、こうです。

つまり、クマさんはあの記事を見たその時、なんだかこれはあとで役に立つかもしんないな、参考にしとこかな、と直感したのだ、ということなんです。

あのとき、そりゃ一〇億円ですから、人間だって平静ではいられないでしょうから、クマさんもまた、浮き立つような興奮にワクワクして、その夢のような幸せにひとり浸っていた。ところが今回、思いもしない成り行きでカバンを失ってみると、もうどう考えても警察署の金庫にあるカバンの宝くじを取り返すのは絶望的だと思ってガッカリした。

もともとクマは気が小さいんです。ただでさえ、『そんな大金どうするつもりだ』とか、『猫に小判』っていう言葉もあるぞ、とかいう声が聞こえていた。
使い切れない『大金で身を滅ぼす』って笑われるかもしんないと不安にもなっていた。

クマはいつもひとりぼっちで暮らしていますから相談相手がいないんですよ。

そのとき、はたと、あの記事を思い出した。ただなんとなくカバンに入れといただけだったけど、急に、そうか、それだ、それしかない！　ということに気がついた。

つまり、賞金の受け取りを『放棄』するという宣言をすれば、その賞金はすぐにも全額、町に寄付され、『子どもたち』のために活用される、ってことです！

では、どうやって、その宣言をしたらいいのか。

これからご説明します。

じつはわれわれに、クマさんが驚くべき方法で、その意向を伝えてきたのです。

ここに新聞紙が一枚あります……」

クマさんの弁護士は、紫色の風呂敷包みから、しわくちゃの新聞紙を取り出した。

「この裁判が行われる三日前、ぐちゃぐちゃになったこの新聞紙が事務所の新聞受けに押し込まれていました。その新聞紙を開いてみて、ビックリしました。

真ん中に大きくベッタリと、泥の汚れがついているじゃありませんか。よく見たら、それはクマの手形、紅葉の葉っぱの何倍もある『クマの手のあと』だったのです。わたしはすぐに、ああ、これはクマさんの『ハンコ』だなっ、とわかりました。

だって、わざわざベッタリと泥の手形を新聞紙の真ん中に押して、それを新聞受けに押し込むなんて、クマさんの意思表示以外に考えようがないじゃありませんか。

ここでカバンの中にあったさきほどの新聞記事の切れ端、その内容、このしわくちゃの泥の跡がつけられた新聞紙、この二つを並べてみますと、ナゾは解けます。

つまり、これはもう、賞金を『放棄するよ』という『宣言』なんです。

『賞金は取りに行かないよ』ということです。クマさんはあきらめた。そして熱い思いで、子どもたちのために自分の賞金を使ってくれ、と願った！

なんという頭のいいクマさんなことか！　泥の新聞紙は、賞金を放棄する宣言、そのサインだと思わざるを得ません！」

傍聴席が、おーっとどよめいた。

弁護士さんはさらに続ける。

「クマさんは、自分が賞金の受け取りを放棄すれば、一〇億円の賞金は子どもたちのために使われるはずだ、っていう、あの記事を理解し、その通りのことを願った。

問題は、その思いをどうやって人間に伝えるか、でした。

そこでハンコを思いついた。自分の意思表示の証拠ですよ。それでどこかでひろってきた新聞紙の上に田んぼの土をべったりつけた大きな手形をペタンと押した！

そして、フフフ、あっ、いや、つい、クマのつもりになってしまって、なんという楽しいアイデアか！　オレ様は貧しいどんぐりでいいや。そのかわり昔から絵本に出てくるような人気者のクマさんになるんだ！　そういって、ベッタリ、泥の手形を、こう、ニタニタとうれしそうに、子どものいたずらみたいに新聞紙に押して、朝早くに、クマさんはわれわれに届けてくれたんです！」

またまた傍聴席がどよめき、おおーっいう感嘆の声が上がった。

弁護士さん、クマさんのつもりになってる！

ミッちゃんは、あたしと肩をくっつけたまま、まん丸なお目々のアニメの顔で、

「すっごーい！」と口をとんがらせた。

裁判長もびっくりの表情だ。

「そうですか、そういうことですか、それなら銀行さんは、どうですか？」

「いやー、まったく想定外のことで戸惑っておりますが、そういうことなら、そのー、クマが放棄するというなら、まあ、なんと申しましょうか、こちら側も、あんまし欲張るのもなんですから、ああいう記事が出っちゃった手前、協力することにやぶさかではありません。記事にあるとおり、一〇億円の賞金は全額、子どもたちに贈ります。

クマに支払うことを思えば、なんというか何百倍も気が楽ですわ、ハハハ、ほんと。

まあ、正直、少し未練はございますが、この際、それはがまんして、おまわりさんへのお礼についても、この際、できるかぎりサービスしまして、今回の特殊な事情を考えますと、一〇パーセントは常識的にあり得ないと思いますので、〇・一パーセントくらいで、いまの貯金の利息を参考にしましてですね、つまり一〇〇万円は支払う

べく対応したいと思います」

おまわりさんたちは、とんだあてがはずれてがっかりだったけど、なんとか一人五〇万円はもらえるんだからと、自分を慰めるようなフクザツな表情になった。

「五〇万円かあー、大金だけど、ちょっとね」とミッちゃんとおかしくて笑った。

それから少し間があって、拍手が裁判所に起きた。一〇億円もの賞金をクマは放棄した。そんなにクマのやつ、偉いやつだったのか、とびっくりしたからだ。

大金を独り占めしない、みんなの役に立てる、これこそ人間の道、いやクマの道だ！　都会の「富裕層」って人たちに見習ってもらいたいね。

拍手が大きくなった。あたしたちも拍手して目でテレパシーを送った。

こんなの、最高の「自由研究」じゃん！

そっ、そだね！

だれかが裁判所の門のところまで走って行って紙を広げた。

前より下手くそな字だ。急いで用意したに違いない。

「クマさん、賞金を放棄！　一〇億円は町の子どもたちのために！」

裁判所の前で実況中継していたテレビレポーターがあわててマイクに向かって叫んだ。

「ただいま入ったニュースでは、どうやらクマさんは賞金を放棄したようです。そうなりますと、このあいだ新聞で報道されたように、賞金は銀行のものにならず、全額町に寄付され、子どもたちのために使われることになる見通しです。

予想外の展開です！

一〇億円は子どもたちに贈られます！」

第三章　新たな展開

一、「本当の代理人？」現れる

そのとき裁判所の方が、急に騒がしくなった。

テレビ中継のアナウンサーは、

「ただいま、なにか裁判所の方で起きているようですが、詳細はまだわかりません……。確認次第、お伝えします」

裁判所の傍聴席から大きな声で誰かが叫んでいたのだった。

「こりゃあ、うそだ！　クマの弁護士が話したことはみんなうそだ。作り話だ。クマの泥のハンコなんて、考えられない！　弁護士事務所でつくったニセモノだ。おれのポケットにあるこのハンカチこそ、この泥で汚れて、笹の葉っぱなんかがくっついているこのハンカチこそ、クマが森でおれに手渡してくれたホンモノだ。そもそもクマがここに来て、弁護士の言ってるとおりですって、本人が言ったわけじゃないだろ。ただ弁護士がひとりでしゃべっただけだろ。クマはまだあきらめていないから、おれに頼んだんだ。おれこそ、クマの本当の代理人だ。賞金はだれにも渡さず、おれに支払い、オレがクマに渡す。おれとクマとが森の中で取っ組み合いの話し合いをしたすえ、そういうことになった！」

びっくり仰天だった！

この町の町会議員なんだって。

裁判長はおどろいて、「静粛におねがいします」と壇上から声をかけた。

「あなたの主張を証明するものをなにかお持ちですか？」

町会議員は「だから、これだよ！」とぞんざいな言い方をして、ズボンのポケットに入れといたくしゃくしゃの汚れたハンカチを示した。

「クマの歯形の跡もあるぞ。このハンカチにはクマの唾もついてる。クマの唾がついているなんて、これこそホンモノだという証拠だろう！　疑うなら唾の遺伝子のDNAを調べたらいい。嚙みつかれそうになってやっと持って帰ったんだから」

「あなたに払えと、クマが言ったのですか？」

「そういうこと。だからさっきの話は、全部、ひっくり返るわけ。クマの弁護士が言ったことは全部ウソで、ウソの物語で町と弁護士が結託した、これは陰謀なのだぁ！」

「陰謀ですか？　うーん、あなたの主張の根拠がよくわかりませんが……」

そのとき、銀行側の若い弁護士が、ふふっとバカにした笑いで、

「こうなるとどっちがどっちか、当方としては困りますなー」

裁判長がそっとあごを動かして合図したみたいだった。

傍聴席の両端から三人の紺色の制服を着た裁判所の職員が出てきて町会議員の両腕をつかんだ。いつもなんだか偉そうにして、自分は特別に賢い人間だと思い込んでいる町会議員は「なっ、なにをする！　町会議員だぞ、おれは！」

「もし退出に不服がおありでしたら、正式な手続きでお申し出ください」

その裁判長の発言で町会議員は部屋から出され、突然の騒動はあっさり終わった。

ミッちゃんは「あのハンカチ、ホンモノ？　なにがなんだか、よくわからないね」。

あたしは「なんか、ひどーい」。

そのとき、見学席の扉をバーンと開いて、マスクと帽子をかぶった真っ黒な毛むくじゃらのおじさんが、「ウオー」と叫んで飛び出していった。

二、すてきなことがたくさん起きた

そんなハプニングがあったけど、あの日から町ではすてきなことがたくさんおきた。まず、三日くらいして、銀行が駅前交番に一〇〇万円のお礼を届けに行き、待ち構えていた新聞記者たちのフラッシュを浴びて、おまわりさんたちは照れくさそうだった。

その夜さっそく安国寺通りの居酒屋でカンパーイ！

居合わせたお客さんや店のマスターたちとごきげんに、「やったね！」とハイタッチしたところを、運悪くテレビレポーターにみつかって、「お手柄おまわりさん、祝杯あげる！」とニュースで流れ、市民の笑いを誘った。

「思えば、クマ、さま、さまなんで、クマに足を向けて寝られないくらいなんだけど、当のクマはビタ一円ももらってないんで、なんか、こう、クマに悪いような、横取りしたみたいなヘンな気持ち」とカメラに向かって揺れる心境も訴えていた。

銀行の方は、本店に町中の宝くじ売り場のおねえさんたちを集めて朝礼を開き、

「これからは、クマにはゼッタイ宝くじを売らないように」と特別指導した。

おねえさんたちは口をそろえて、「あたしらだって売りたくありません。あんな怖いこと、もうたくさん。そりゃ、一〇億円を寄付してくれたクマさんには、偉いなーとか、ありがたいなーとか思いますけど……」とこれもまた微妙な反応だった。

お偉いさんは、上司さんに「キミは今後、あんまりクマを怒らせないようにすることだな」とお叱りも。上司さんはプーッと顔を赤くして、

「あのときは、どうしようもありませんでしたからね！」

なんだかこういう話もあとで聞くと、みんなすてきに思えた。なぜなら一週間もすると、新聞やテレビが一斉にこんなニュースであふれ出したからだ。

「『子どもを応援したい事業』、町役場でスタート
銀行が町に寄付した『あの一〇億円』で！
町長、子どもたちと話し合う」

「給食費の心配いらないよ、給食費が無料に！
子どもならだれでも、おなかいっぱい食べられる学校に
夏休み中の『特別給食』も実施へ！」

ママは「給食費がいらなくなるのは助かるわー」とよろこんだ。
ママは郊外のおいしいパン屋さんの隣にできたカフェでパートをしている。

「校庭のクスノキの大木に『木の上の家』つくる
海の見える小学校、児童は『風の秘密基地』と大喜び」

木の上の家は、学校の児童会で「未来の夢の学校」と提案されていたアイデアだった。

「入学の春、『子どもの家』の新一年生に

新品のランドセルをプレゼント
町長、予算ふんぱつ、子どもたちの頭をなでる」

町の郊外の土手沿いにある公民館みたいな「子どもの家」には、親と離れた子どもたちが暮らしている。これまでは予算がないからランドセルは先輩たちのお下がりだったけど、来春からは一人ひとりに新品ピッカピカのランドセルが贈られることになった。

「ちょっと気が早いけど、ちっちゃな一年生ばかりだから、うれしくてうれしくてみんな外に飛び出して大喜びだわ。おじいちゃんからランドセルが届いたときのあなたと同じだ。ほら、みんな、わーって外に飛び出して、ピンクとか空色とかのランドセルの肩バンドをギュッとつかんで全速力で広場を走り回ってる！」

もう家族からランドセルを贈られた「幸せな子どもたち」とおんなじだ。

保育園や幼稚園では先生たちが増えた。なんだかみんなやさしい笑顔になった。

桜の木やお花がいっぱいの「こども公園」の広場には、ロープで空中を滑る「ターザン・ブランコ」とか、ピンクのうんちみたいなとぐろを巻いた滑り台とか、ストレッチのできるヘンテコなベンチとか、いろんなおもしろそうな遊具が贈られた。

いつも車輪のついた大きなカゴに入って列をつくってまとめて公園に運ばれる園児たちは大喜び。ジョギング愛好会や老人会のおじいさん、おばあちゃんと一緒にみんなで「町長さん、ありがとう」と町役場で花束を渡すセレモニーまで開かれた。

学校の先生や高校生たち、地域の大人たちがボランティアで講師をする無料の学習塾も開かれることになった。生徒の制服や部活動の運動着、剣道具や柔道着などの購入にも補助金が出ることに。ほんとはやってみたいことっていろいろあるのだ。図書館に子どもの本や絵本がどっと増え、エプロン姿のおばさんたちが話し相手にもなってくれる。

タブレット端末がみんなに貸し出されたり、目の不自由な子どもたちには画面をすごいスピードで読み上げる声の出るパソコン装置とか、交差点や街角で盲導犬みたいに「いま信号は青でーす。正面の横断歩道にでこぼこがありまーす」なんて話す白い杖も贈られた。ドッジボールやサッカーのボールが新しくなり、バイオリンやトランペットの新品がそろうことになった学校もある。

でも、あたしは、ママの興奮した甲高い声を聞きながら、気がついていた。

ちっともクマさんのことは「出ていない」ってことに。

まるでみんな、すっかりクマさんのことは忘れちゃったみたいに、小太りの背の低い人の良さそうな町長さんばかりをちやほやしてる。

「でもさ、あのお金がクマさんからの寄付だってこと、みんな知ってるし、大丈夫だよ。それに町長さんも気のいい人だからできたんだと思うよ。でも、でもよ、もしかしたらこれ、クマの魔法かもしんない！」

朝のまだ涼しい時間、自転車で土手の道を走りながら、ミッちゃんはなぞをかける。

「ええー？　魔法なの？」

「そう、自分はいいから、みんな幸せになってくんない（ください）病にかかっちゃったわけよ。クマさんのおかげ。クマさんのそういう魔法がさ、みんなをそういう気にさせたんだね。だからクマさんの魔法の世界に、いま、あたしたちはいるわけよ！」

「ちょっとそれ、笑ってるじゃん。ファンタジーの読み過ぎだと思うよ！」

「そう思うでしょ、るみ。ところが違うんだなー。いまが本当の世界だってどうしてそう言えるの？　本当にこの世界が本当の世界だなんて、だれにも証明できない。魔法の世界なのに本当の世界だって思わせるのが本当の魔法なのよ」

「うーん、わかりにくい！」

「魔法には良い世界と悪い世界がある。で、いま、良い世界が回り始めたわけよ！」

「クマさんのおかげで？」

「そう、クマの白い魔法！　黒魔術じゃなくて」

「そうなの？　でも、それじゃシロクマさんじゃん」

どっと二人で笑った。

この日、二人でクマさんの弁護士さんのところへ行く約束だった。あの町会議員のこともあった。あれはウソなのか、それとも弁護士さんがウソを言っているのか。それにもっとクマさんのこと知りたかった。

「弁護士さんに会ってもっといろいろ聞いてみようよ」

「うん、そだね、それがいい。勇気出して、行ってみよう！」

三、クマさんをめぐる意外な話

商店街の表通りのいろんなお店が入った雑居ビルの二階に、弁護士さんの事務所があった。窓ガラスに電話番号や「ご相談はお気軽に！」なんて宣伝文句が書いてある。

スマホで電話したら、どうぞ、いいですよ、と時間をとってくれた。

「やったぁー！」

事務所にはきれいな女の事務員さんと若い男の人がいて、奥のドアの向こうのお部屋に通された。途中の壁に「ご相談は有料です」と張り紙がしてある。

あたしたちは顔を見合わせて、有料だったら、このまま帰ってこようねって、テレパシーで確認し合った。

弁護士さんが机の前の応接セットに、どうぞ、と招いてくれて、あたしたちは並んで座った。向かい側に弁護士さんがゆっくり腰を下ろした。

あたしはまず確認しなくっちゃぁと、ちょっと顔が赤くなったけど聞いてみた。

「あのう、お話聞くの、有料ですか？」

「あっ、いやいや無料ですよ、特にこういうときはね、もちろん！」

それで安心。

「あーよかったあ。それで、えーと、あたしたち、あのおじさん、クマさんのことですけど、なんかおもしろいなーって、自由研究でまとめようと思いました。どうして町にやって来たのか、なぜ宝くじを買ったのか、一〇億円もの大金をどんな気持ちで子どもたちに寄付することにしたのか、本人には聞けないですけど、この前の裁判は見学してました。それで弁護士さんにもっとお話を聞こうと思って。よろしくお願いしまーす」

事務員の女の人が冷たいオレンジジュースを、ことんとテーブルに置いてくれた。あたしたちの方をチラリと見て、ほほ笑んでくれたから、自信がついた。

「なるほど。今日も暑いね、まあ、ジュースでも飲んでください」

「そうね、あのクマさんのことね。まあ、これはね、一昨日のある新聞に大きく出ていた記事なんだけど、いわゆる特ダネ記事ですな、まずこれでも読んでみてください」

テーブルに置かれたのは一枚の記事の切り抜きコピーだった。

二人で手に取って、ちょっと困ったなーと思ったけど、読んでみた。
長たらしいけど、だいたいこんな話だ。

「一〇億円のクマは、あのクマか？」

「九年前の春、山に入る人たちがクマに襲われる被害が増えたため、前もってクマを手当たり次第に捕まえる『予防捕獲』という一大作戦が行われ、猟師たちが大勢、山に入って二八〇頭ものクマが殺された。そのとき射殺された母グマのかたわらにうろうろしていて捕まえられた子グマもたくさんいた。

そんな子グマは幼稚園児くらいの大きさに育っていると、かわいそうだけどそのまま山の奥に残された。生まれたばっかの赤ちゃんクマだと、動物園に引き取られたり、なかには集落に引き取られることもあって、地域の公民館の前のオリの中などで『子どもたちの動物観察』として飼育され、大きく成長すると山に帰された。中学生や高校生くらいに大きくなっていたクマは、危険だからといって母グマと一緒に殺された。

どうやら今回の一〇億円騒動のクマは、そのときの赤ちゃんグマの一頭とみられ、ある集落で飼育され、大きくなって山に放たれたのではないか、と話題になっている。

というのも、その集落で育てた赤ちゃんグマは頭が良くて、エサをねだるときに柿なんか投げてやると手を合わせてキャッチしたり、片足を上げておどけたり、まるでサーカスみたいにいろんな芸ができて子どもたちに人気だった。

しかも、そのクマの胸のV字の模様は純白の珍しいハート型。これも人気になった理由で、『幸運なクマのハート』として、さかんに写真に撮られたという。

なにしろ『ハート』マークは女の子たちの不動のアイテムだ。

その『奇跡』のハートが、どうやら今回の騒動のクマ特定の決め手になったらしい。

というのも、宝くじ売り場やショッピングセンターで多くの市民に見られているクマの胸に『ハート型の白い模様があったみたい』という目撃証言が相次いでいるからだ。

警察署も『どうやら、同一のクマらしい』と判断している模様。

それで人間に親近感を感じたり、自分を人間だと思ったりしているみたいなのだ。

かつてのあの子グマがいまや町の子どもたちの恩人、というわけで、一部にキケンだから早く捕まえてしまえという声があるものの、里の人たちは『あの人なつっこいクマにちがいない。一〇億円を寄付するなんて、なんて偉いやつだ』と感心している」

記事には難しい言葉が多かったけど、弁護士さんが説明してくれたところによると、赤ちゃんの時にお母さんは殺され、人間に飼われることになったが、とても頭のいい、愛きょうのあるクマで、みんなと仲良しになっていた。今回のことで飼っていた村の人たちはビックリしたり、感心したり、とっても懐かしがっている、ということらしい。

そして、なんと胸には白いハートの模様があるのだとか。

うへー、そうだったの！　すごーい発見！

「ふーん、そだったんですかー」

ミッちゃんが言った。

「あのー、それで、なんでクマさんは町に出てきたと弁護士さんは思いますか？」

「ああ、それは難しい問題だね、ただ、記事を書いた新聞記者から話を聞くとね、あのクマさんは子グマのころ、首にひもを付けて子どもたちと一緒に田んぼのあぜ道を散歩したんだっていうんだよ。その姿を里の老人たちは目を細めてながめていたっていうんだ。赤ちゃんだったころは動物好きの町の広報課の女性職員の家に引き取られ、ひざの上に抱っこしてミルクを飲まされて育てられ、夜なんかは一緒に布団にくるまって寝たというんだからびっくりだよね。森から連れてこられた最初の夜なんかは一晩中、さびしいのか、グァアーと大声で泣いて女性職員は一睡もできなかったとか。ハハハ。

そういう環境で育ったんだね。毎朝、女性職員の軽自動車で一緒に役場まで出勤し、広報課の部屋の柱につながれてみんなの人気者になっていたそうなんだ。

でも、爪を切ったりいろいろ危険がないように世話していたんだけど、どんどん大きくなるし、そのうち公民館の庭のオリに移され、村人はかわいがっていたんだけど、とうとうある朝、オリから出され、山奥の森の奥まで車で運ばれ、扉が引き上げられて、バーンと花火で脅されて、その日からあのクマは山で暮らす運命となったんだね。

だからそれからはずっと、ひとりぼっちで生きてきたわけだ。

さびしいとか、孤独とか、友だち欲しいとか、そう思ったかも知れないね。

それで町に出てくるようになったのかもしれない……」

ミッちゃんとあたしは、「へー」と顔を見合わせた。

あのおじさん、ひとりぼっちで、さびしかったんだぁ。

そのとき、あたしの耳に突然、あの声が遠くから聞こえてきた。

〈ブナの森の中だったのす。オレ様が気がついたとき、大きな木の洞穴の奥で寝ていたんだけど、遠くで犬の吠える声がして、バーン、という雷みたいな音が山にこだましていたんだす。人間の臭いが森に漂っていたかどうかはわからなかった。だってオレ様、まだ赤ちゃんだったんだから。で、ずっと待っても母ちゃんは帰ってこなかった。

おなかが空いて力が出なくて、どうしたんだろうなあって思って、それから山の残雪の上に春の雨が降って、やっと母ちゃんを探しに出かける決意を固めたんだ。

そしたらニンゲンに見つかって、母ちゃんは殺されていて、ニンゲンに抱っこされて山を下りた。それからだよ、何年もいろいろあって、急にどこかの山に放り出されて、もう毎日、うろうろ、おなかを空かして森の中を歩き回るのが仕事。

あるとき森に開けた眺めのいい崖に出て、そこから見える町があったのす。

自分が育った町かどうかは知らないんだけど、なんかいい眺めだなーと。それでここがお気に入りになったってわけ……〉

「るみ、言った通りじゃない」

突然、ミッちゃんが言う。

ええっ、なにがーっ、と振り向くと、真剣そうな表情がこっちを向いていた。

「あのクマさんはさ、やっぱ赤ちゃんの時にお母さんと一緒に魔法をかけられて森に追放された女王と王子様なんだよ。国王が亡くなったあと、悪者の伯父が美しい女王に横恋慕し、それをはねつけたことから、うらんだ伯父が呼び寄せた魔女によってクマの親子にされ、森に追放されてしまったの。それを知らない猟師が山でクマになった女王を撃って、子グマだけが残された。王子である子グマは魔法を解く方法を知らない。

ハートのマークは、その印！

るみ、あなたがその魔女の封印を解くのよ！」

「やっ、やめてよー、生まれたときからクマだったんだよ、あのおじさん。そんなのありっこないじゃん。それに、なんで、あたしー！」

「むーん、るみは目と目があったでしょ、選ばれたのよ。むーん、また考えてみる」

ミッちゃんは、わざとだと思うけど、唇を噛んで考える仕草をした。

あたしは、笑いながら、へーっと顔をかしげてみせた。

それにしても、なんであたしにあのおじさんの声が聞こえるのだろう。ミッちゃんに相談してみたいけど、またヘンなこと言われそうだから、秘密にしていよっと。

それにしても、二人は考え方が違う。いや考える仕草が違う。ミッちゃんは、かわいらしい賢そうな顔で、むーんと考える。あたしは、へーっと考える。まっ、そういう違いだけど、仲良しだ。気が合う。何でも話せる。そういうのって、いいと思う。

弁護士さんがニカニカしてこっちを見ている。

「でも、人間にお母さんが殺されたのに、どうして人間の子どもたちのためになろうって思ったんでしょうか？　自分がひとりぼっちだったから？」

「それはわかりませんね。ただ、人間の子どもが好きなのかもしれない。童話にはたくさんそんなクマさんが出てくるし、世界中の童話にね、だからそういうことがあるんだと思う。あのクマも、そういうクマだったたっていうことでしょう」

へー、とあたしたちは、また顔を見合わせた。

それからどうしても弁護士さんに聞かなければならないことがあった。

「あのー、裁判所であったことですけど、あの『泥の手形』、ほんとにクマさんから届いたんですか？　気になってー」

「あはは、それかあー。そうだね、ほんとに届いたよ。朝にね、事務所の新聞受けに、こう、くしゃくしゃに押し込んであって、取り出すのも一苦労だったんだ。開けてまたびっくり。泥だからねー。こういうの、クマさんしか考えられないでしょ。あの町会議員はウソを言って、賞金をだまし取ろうと考えたんだな。まったく悪質だよ。

　クマさんが直接、事務所のピンポンを押して、ドアを開けたぼくの前で自分の口で『放棄することにしたよ』と告げなかったのは、それがクマにとって危険なことだって、クマさん、あのショッピングセンターのできごとで学習したってことですよ。

　そんなことをしたら大騒ぎだし、ぼくらだって逃げ出したい。だれもクマの言うことなんかじっくり聞こうなんてしないでしょ、怖いから。

　そんなことになるより、自分の『泥の手形』を届けた方がいいんじゃないー？　ってクマさんは気がついたんですよ。たぶん、文字は書けないんだと思うね。それにあのとき、なんかぼくの耳に聞こえたんだよね。そうしてくれよ、っていう声が……」

　こらえきれずにふふっと笑って、それから弁護士さんはさらにこう言った。

「大人にはね、嫌な人もいるんです。名誉キソンで訴えたいくらいなんだけど、あの議員には町長もほかの議員たちもあきれている。きっと森に行って、クマ公、出てこい、お前に一〇億円なんてやるものか！　って叫んでいたんでしょう。

それであのとき、なんとかしようと、とっさにクマの唾がついたハンカチを思いついたんだろうけど、きっとアレ、自分の唾ですよ、アハハハハ」

うーん、そんな人もいるのか……。

気をつけよう、と二人で顔を見せ合いながらうなずき合った。

「それはまあ、おいといて、クマが町に出てくる理由だけど、いろいろあると思うんだよね、そのひとつは、山が荒れてきてね、食べるものがなくなって、おなかが空いて町に出てくるってのはあるよ。今年はとくに暑いから少しでも涼しい渓流で山の動物たちは水浴びしたり昼寝したりしているそうです。それで川沿いに腹をすかしてうろうろやって来たのかも知らん。それにしても、わざわざ人間が暮らす町にやってきて、宝くじを買って、それが当たったっていって、賞金を取りに来たクマは、有史以来、初めてだな。

しかも、それを子どもたちに寄付するのが一番いいって、いったいそんな考えがどうしてクマに生まれたのか。これは大変な進化が動物たちに起きているのかも。

ひょっとするとニンゲンたちにはもう、この地球は任せられないっていう、反乱かも知れないぞ！」

弁護士さんはあたしたちを試すように、ククッと笑った。

四、クマさん再び現れる

その日、ママがパートをしているカフェでミッちゃんとイチゴケーキを食べた。

あたしは、甘い幸福感に満たされてつぶやいていた。

「クマさんって、考えるとソンなタイプだよね。せっかく大金を当てたのに自分のためには使えずに、ぜーんぶひとのために使ってしまうもの。そういうひとっていうか、お人好しのひとって、いま、あんましいないでしょ。だからあたしは、偉いと思う」

ミッちゃんが、ふーんという顔をしてつぶやいた。

「とにかく自由研究の『まとめ』だよね、問題は。るみ、真実は単純なんじゃない。クマさんは自分のお金の使い方がわからなかった。あんまり大金だから。それに銀行口座だってきっと持ってなかったんだと思うよ。だからしかたなかった。クマさんは結局、ひとのために尽くしたけど、そうするしかなかっただけなんだよね」

「でも、なんかこのままだとさみしすぎる気がする」

あたしはそうつぶやいた。

「うーん、イチゴ、ぶるぶるきちゃう。あまーい！」

「じゃあ、まとめ、そういうふうにするう？」

「うん、むずかしいね」


ところが、それから何日もたたないうちに、あの「事件」が起きた。

ショッピングセンターの横のアシの河原で「不審な物体」が発見されたのだ。

黒いサングラスと灰色の帽子、白いマスク、黄色い手袋と黒い長ぐつ。しかも、それらはそっくり身につけていた形のまんま脱ぎ捨てられていた。

夕方のニュース番組が現場の映像を流した。

川に釣りにやってきた市民が通報し、カメラマンが急行したのだった。

最初は「殺人事件」か！　と大騒ぎになったけど、「死体」は見つからなかったから警察署も、ほっとした。ただ、少なくとも、それらのものはごく最近まで使用され、その後に脱ぎ捨てられ、どうやらまた使うために着ていた順番通りに並べられているらしいということがわかり、町中が、なんか不気味な重苦しい雰囲気になった。

そういえば裁判所で、そんなかっこうのおじさんがいた、という女子中学生の証言も飛び出し、みんなの注目を引いた。それはきっとクマだったのだろうと……。あのとき扉からバーンと飛び出していった真っ黒なおじさんは、クマだったのだろうと……。

「えっ、クマさん、また町に出てきているの？」

「なんでぇー」

これじゃあ、自由研究はまだ「おわり」にはならないみたいだ。

テレビによると、あわてた警察署は市民に注意を呼びかけた。

「どうやら例のクマは、河原のルートをたどって山から町へひんぱんに行き来しているらしい。それに変装することもある。みなさん注意して！」

警察署は黒いサングラスの似顔絵の「指名手配」のポスターまで街角に張り出した。

「はだかのクマを見たら、真っ黒なので、すぐに通報を！」

なぜならサングラスや長ぐつなどはそっくり警察署がボッシュウしたからだ。

でもそれだけでは終わらなかった。しばらくすると、あっちこっちで「クマ目撃」情報がひんぱつするという「異常」なことが起きた。それも、山の畑のあぜ道とか、ぽつんと山の一軒家の庭先とか、これまでよく見かける場所ではなく、車や人の通行量の多い国道沿いとか警察署や消防署の目の前とかを早朝、ゆっくりと絵本のさし絵みたいなうつむきかげんに歩いて行く。スマホで動画が撮影され、ＹｏｕＴｕｂｅ（動画サイト）にアップされ、町役場の「緊急連絡網」や各種のＳＮＳを通して情報が拡散された。

そのうちさらに異常なことに、土手沿いの道の真ん中に寝そべっているのに出会った散歩途中の老人がびっくりして気絶したとか、子どもたちのラジオ体操の時間にまるでここにいるぞーとばかり、わざと広場の端っこを横切ったりすることまで起きた。

「きっと結婚適齢期になったからだ。相手を探しているんだ」

「いやいや、そんな甘くはない。やっぱ、あの町会議員が言ったみたいにクマは取り返したいと思っているんだ。警察署のカバンをねらっているんだ。それともあれか、クマ公、なんかみえみえで『ごほうび』でもせがんでいるのか？」

「そうなら、クマのあてつけ、いやがらせか！」

「それ以外に考えられない！」

などとウワサが沸騰した。なかには「ストーカーじゃないのか」という警戒感マックス（最大限）の声もあったけど、多数意見は、ふつうの人間にはできない多額寄付という「どえらい」ことをやったのに、ろくに感謝もしないで、もうクマのことは用済みだと無視する人間たちの恩知らずぶりに腹を立てているのではないか、というのだった。

「それならごほうびに、森に大量のドングリでも届けてやったらどうか」

「いや、いまの季節ならトウモロコシだろう」

「それにしても、偉そうなこと言っといて、まるで子どもだな」

「そんなクマだから宝くじを買おうなんて気になったんだろう」

とまあ、いい加減な意見もまじって、だれもが心配になった。

町の教育委員会はおろおろして、

「すぐにもパトロールを実施しよう！」

「ＰＴＡにも協力をお願いしよう！」とあたふた。

あたしたちの自由研究、結末はどうなっちゃうんだろう。

ちょうどそんなころ、土手沿いの、親と離れた子どもたちが一緒に暮らしている「子どもの家」の玄関前に、ヘンテコな「贈り物」が発見された。

べっとり飴色の蜜を垂らして半分に割られた蜂の巣と真っ赤なトマト。

見つけたその家のおばさんは新聞記者の取材に戸惑いつつ、こう答えた。

「あらっ、なーに？　って思ったんです。でもすぐにだれかがプレゼントしてくれたんだなって思いました。真っ赤なトマトが四つありましたからね。きっと高原トマトだわ」

高原トマトは、妙香山のふもとの「トマト園」にしかない大きくて真っ赤なおいしいトマトだ。

最近、そのトマト園に看板が立った。

それはテレビニュースでみんな知っている。

「クマ出没、被害多発、注意！」

警察署の判断は、もうはっきりしていた。

「クマは朝霧の流れる夜明けのトマト畑で毎日のようにおいしいトマトを食べているから、ついでにもいで持ってきたのではないか。だれかのプレゼントだなんてのんきに喜んでいる場合ではない。ここがクマの通行ルートになった可能性が高い！」

さっそく、今度こそクマをタイホしなければならない、という特別の任務が与えられた「特別捜査班」、テレビでよく見る「特捜」を発足させた。捜査員は三〇人。パトロール隊には、あの二人のおまわりさんも加わっている。

五、ファンたちが動き出す

そんな緊迫した日々が続いたある日、山間の小学三年生の男の子が、「クマさんに会ってみたい」という作文を書いて新聞社に投書するという出来事が起きた。

下手くそで元気のいい字で書かれたその手紙は、まるでクマさんが書いたみたいだった。でもそれは仕方ない。だって小学三年生の男の子の字ってだいたい下手くそだ。

「ぼくは、このあいだの新聞でクマさんのことを知りました。それまでそういうクマさんがいるなんてちっとも知らなかったので、顔を見てみたいです。

できたら、ありがとう、っていってみたいです。
ずっと、好きだよ、クマさん」

すると、山間の中学校で「クマさんとの架空インタビュー」という記事が手書きのマジックで学級新聞に書かれ、教室の後ろの壁一面にでかでかと張り出された、というニュースを地元テレビ局が紹介した。

レポーターの女子アナが伝えるその内容には、ぶったまげるばかり。

質問「この前、新聞を読みました。クマさんがかわいそう。クマさんはなぜ町に来たんですか。人間たちと仲良しだった子ども時代の思い出と関係あるんですか？」

クマさん「うーん、そうだなっし、よくわからないっす。オレ様はただ歩いていくばっかで、気持ちのいいところとか、ドングリのいっぱいある森とかが好きだから」

質問「ずっと山暮らしだとさびしいですか？」

クマさん「そういうときもあるし、そう思わないときもあるなっし」
質問「なぜ、宝くじを買ったのですか？」
クマさん「ゼッタイ当たるって売り場の前でおじさんが言っているのを聞いて、それなら買おうと思って。ほんとに当たったなっし、うっしっし」
質問「でも、自分は一円ももらいませんでしたね。もったいなくなかったですか？」
クマさん「ほんとのこと言うと、もったいなかったのです。でもギンコウコウザっていうのがこわくて、あきらめたのです。で、オレ様たちって、子どもが好きで昔から童話の本に登場させてもらってるし、それで一〇億円もあって、どしたらいいべ、って考えたら、そうだ子どものためならいいかって思ったのです。ホントを言うと、ほとんどのクマは子どもと一緒に遊ぶなんてことは一度もなくて、いつもひとりぼっちで森で暮らしているんだす。なのにどうして昔から子どもに人気あったんべ？」
質問「逆質問は、ごえんりょください。あんまりなまっていると、意味がわかりませんので気をつけてください」

クマさん「はい、わかりました。質問をどうぞ」

質問「いま一番、やってもらいたいことってありますか？」

クマさん「（首をかしげてから）そうですね、まあ、自分から言い出すのもなんだけど、なんというか、いきなり銅像を建ててもらったりするっていうのはまず無理としても、なんかこう、町中で感謝のパレードをするとか、たとえばさ、感謝の『くす玉』なんかを町役場の入り口で割るとか、そんでもって紙吹雪をふらせるとかね、セレモニーみたいなのもあってもいいなって。それで、うふっ、『やさしい森のクマさんからのプレゼントでーす』って、うう、これって『町おこし』に役に立つんじゃないだろか。

　自分の口から言うのははずかしいんだけんど、もし、その気があるなら、小中学校の体育館のステージに『どうぞ』と紹介されたりして、『ゆるキャラ』みたいに子どもたちにキャーキャーいわれて、うはっ、そんでもってテレビの取材も来て……。

ただし顔のアップはやめてもらうっし。だって歯磨きしてないもん。それにあんまし有名人になって顔を知られるのは迷惑ですね。森の住民としてはですね。以上です」

質問「愉快なクマさんですね。実現すると思いますか？」

クマさん「うーん、どうだろう。人間しだいですね。無理かな。でもさ、あのう、せっかくだからこの際、言わせていただくと、たとえば新聞に『クマさんのプレゼントに子どもたち大喜び』っていうふうに書かれてみてもね、いかったんじゃないかなぁー。

子どもたちに『クマさんありがとう』とかの作文とか、『想像上のクマさん』のクレヨンの似顔絵なんかを募集してみるとか、そういうのあると思うんだけど、どうなの？　金銀のリボンで『感謝状』とかつくって町役場の掲示板に張り出すとかさあ……」

うーん、よっぽど人にちやほやされたいクマさんらしい。

もっともこれは中学生たちが空想した「架空インタビュー」なんだけど……。

ところが、学級新聞がテレビ画面に大写しになったニュースが流れると、なぜか、あのときのクマさんの弁護士さんが動き出した。あたしとミッちゃんも、自由研究をストップして、弁護士さんの事務所に電話して「なにかクマさんのためになることをしたいです」と話してみた。気がついたら、町の繁華街で弁護士さんや事務の女の人とかと一緒に署名を呼びかけていた。すぐに町中のいろんな小学校の子どもたちが「わたしたちもやりたい」と言って加わってくれた。女子中学生たちも「わたしたちも小学生に協力したい」と参加してきた。「架空インタビュー」を張り出した中学校のクラスメートたちも町に出てきて、一緒に署名集めの画板を胸にぶら下げて駅前や繁華街の歩道に並んだ。

　みんなの横に掲げられた長ーい横断幕には、こう書いてあった。

「あのクマさんを、町の『名誉町民』第一号に！」

第四章　別れは突然に

一、クマさん、撃たれる

夕方になると、はじけるような笑い声が聞こえてくる土手沿いの一軒の家。

その玄関には、この日、こんなマジックの張り紙が貼ってあった。

「きょう、子ども食堂あります」

窓ガラス越しに室内が見える。エプロンにバンダナのおばさんたちやシルバーヘアーのおばあさんたちが、張り切って奥の台所で忙しく動き回っている。

カーテンで仕切られたフローリングの広い部屋の真ん中には、テーブルを三つくらいくっつけて白いテーブルクロスをかぶせた大きな食卓。そのまわりをぐるぐる回っているのは、まだ小さな幼稚園児や小学校の低学年の男の子と女の子。制服姿の中学生や高校生もいる。お手伝いが大好きな子どもたちはニカニカ、給仕係をしている。

ようやく、おばさんスタッフたちと一緒においしそうな料理のお皿を並べ始めた。シュウマイ、アスパラの肉巻き、ミニハンバーグ、ニンジンやジャガイモやサヤエンドウなどの温野菜、真っ赤なミニトマト、鶏のカラアゲは大鉢に山盛り、プーンとこんがり、いい匂い。ピザも焼き上がった。玉子焼きとみそ汁とデザートを運んで、さあ、真っ白な山盛りのご飯のお茶碗から、ほかほか湯気も立ち上っている。

「わーい。楽しいー！」

「さあ、どうぞ、座って！」

あたしとママは、ここでボランティアをしている。

「るみちゃん、それ、運んでね」

「おばちゃーん、あたしここでいい？」

「いいわよ、ほらお兄ちゃん、それ取ってあげてね」

二〇人くらい、みんな一斉に座る。

あたしたちは忙しい。これから顔を見せる子どもやお母さん、若いパパがいることもあるからだ。あたしは学校の給食係と同じ白いエプロンに赤と緑の花柄のバンダナだ。

「では、いっただき、まーす！」

口に「から揚げ」をほおばりながら立ったり座ったり。

ほんと、どの子もみんな楽しくて笑い声だらけ。

リーダー役の太った小夜子おばさんが、みんなの前で発表した。

「きょうはいろんなところから、お野菜とか果物のプレゼントがありました。だから会費は五〇円、いつもの半額でーす。来月からは、ほら、あの『子どもたちを応援したい』予算で、町役場からどっさり、補助金が出まーす。

それと、るみちゃんたちが署名集め、やってるわよー」

みんなが拍手した。

「すごーい！」

「署名集めにさんせーい、補助金もさんせーい」

「じゃあ、これからは週に二回は食堂、開けそうですね」

「毎日だって開いてほしい！」

「そうね、あたしたちも頑張らなくっちゃあー！」

そのとき、玄関からミッちゃんが、こんばんはーと言って入ってきた。

「るみ、やっとできた。間に合ったあ？」

「大丈夫！、よかったー」

「みなさん、夕食が終わったら紙芝居あるよ。るみちゃんとお友達のミッちゃんが描いてくれました。なんか自由研究の付録だったっけ？」

「はい、あたしたちの自由研究をもとにした『想像上の伝説物語』でーす」

みんなは、わーいとよろこんで、でもいまはそれどころじゃないと、むしゃむしゃがぶがぶ、から揚げやシュウマイをほおばって、あとの楽しみだねーと目で合図してくれた。

ところで、ミッちゃんのパパとママは中学校の先生だ。

ミッちゃんから聞いたところによると二人の出会いは映画館の帰り道、っていうからすてきだ。映画が終わって映画館を出てきたら、ミッちゃんのパパが「いい映画だったですね」と追いかけてきてママに声をかけ、ミッちゃんのママは知らない男の人だし、ナンパかなって最初は無視していたけど、横に並んでくるので振り向いたら、真面目そうな人だったので、「そうですね、おもしろかった」って答えた。

そしたら「いつも一人で映画を見に来るんですか」なんて失礼なこと聞いてきて、ミッちゃんのママはムッとして「いいえ、きょうはお友達が急に都合が悪くなったからです」と冷たく言った。でもミッちゃんのパパは感じないふうで、「あの最後のシーン、感動しちゃったなあ。胸を打つっていうか……」なんて話し続けるし、そのうち「映画を見た後って誰かと無性に話したくなるんですよねー。コーヒーでも飲みながら話しませんか？」なんて誘ってきたから、まあ、いいか、おなかもすいているし、とミッちゃんのママは「ええ、いいわよ」ってついていった。

そういう出会いの両親に育てられたからか、ミッちゃんはサバサバしているし、なんか賢くて、ロマンチックで、恋愛映画にはとくに空想を刺激されるタイプだ。

紙芝居は順調だった。ミッちゃんの悲しげな声と、あたしの威張ったニンゲンの大人たちの声が臨場感あった、と思う。

最初の場面は森の広場。絵本に出てくる昔話の「金太郎」さんの雰囲気で、真っ黒なクマとニンゲンの子どもたちが山の原っぱで相撲を取って一緒に遊んでいる。

「むかしむかし、ニンゲンとクマとはなかよしで、一緒に仲良く森で暮らしていました。ニンゲンの子どもたちは夢見がちで、キョロキョロといたずらっぽいクマの目と目が合うとすぐに魔法にかかり、クマさんって王子様が魔法かけられたんでしょうとか、伝説の英雄が魔女にクマに姿を変えられたんでしょ、とか空想しては遊んでいた。

ところがある年、森に食べ物がまるでなくなった。ニンゲンは自分たちが見つけたわずかな食べものを穴にかくし、子どもたちがクマにも分けてやろうとするのを叱った。クマはどうしていいかわからず、それからはひとりぼっちで山から山へさまよい歩いた」

場面は、山奥の笹やうっそうとした木々の間をしょげて歩くクマさんの姿――。

「ある日、クマは、ニンゲンが食べ物をかくしていた穴を見つけた。クマは大よろこび。人間が隠していたとは知らないクマは、おいしい夢の国を見つけたと思い、もう無我夢中でパクパク食べ始めた。それを知ったニンゲンが大勢でやってきて、クマに棒でなぐりかかった。クマは驚いて、怒った。ニンゲンは、クマをやっつけろ、俺たちの食べ物を取られるな、と叫んだ。クマを追い払うニンゲンたちと、手で頭を覆って逃げるクマ。クマは山の奥に逃げ込んだ。ニンゲンはクマのいる森を出て町をつくった。

こうしてニンゲンとクマは別々のところで暮らすことになった。

ニンゲンはイジワルだった。クマが山の奥に逃げたあと、山は自分たちのものだとばかり、山という山に実のならない木を植えた。その方がお金になるからだ。そして自分たちの村の庭や畑には、おいしい柿や桃やブドウ、サツマイモやジャガイモなどをいっぱい植えた。なんにも知らないクマは時々、村に出てきて、おなかを空かせてそれを取って食べ、その度に『せっかく育てた作物を取るな』とこっぴどく追い払われた」

紙芝居のお仕舞いは、ひもじいクマの昼寝の夢の中に浮かんだ光景だった。

それはニンゲンの子どもたちと仲良くドングリをひろったり、山の甘いイチゴやアケビを採って、渓流の岩の上でイワナやヤマメを焼いて一緒に食べている、昔の絵本や童話に出てくるような懐かしいシーンだった。もう、あんな時代はやってこないのだ。

紙芝居の最後の一枚は、崖の端っこで遠くの町を見ているクマさんの後ろ姿。

文字が一行だけ。それは、「山でクマさんは淋しがっている……」

「おしまい」とミッちゃんが言うと、わーっと拍手が起きた。

「クマさんとニンゲンの子どもと、どっちがお相撲、強かったの？」と聞く子もいた。

「もちろん、クマとニンゲンだから、九（勝）と二（敗）でクマの勝ち！」

どっと笑い声が上がった。

「一一回やったんだね。最後の一回は、きっとニンゲンがくやしくて、もう一回やろうって、クマさんに無理を言ったんだ！」

「そうかもね。負けず嫌いのニンゲンだもの、きっとそうだ」

テレビで大相撲の中継があったばかりだから、これはウケた。

そのときだった。

信じられないことに、窓の外側の木枠にぶっとい真っ黒な両手が見えたのだ。

見ると、顔中真っ黒、口を開けて、ブグブグつぶやいている。

えっ、なんでぇー？

クッ、クマさんが、なんで、ここにぃー？

〈キャー！〉

これはあたしが心のなかで叫んだ悲鳴！

「オレ様も、五〇円出せば、一緒にご飯を食べれるのかなー、もっし」

みんなはビクッと首を縮めた。大きなテーブルのまわりでそれぞれ顔を見合わせた。

小さな女の子が、とことこ歩いて、声がした窓の方に近づいていく。

「サングラスのおじちゃんがいるよ」

おはしにレタスをはさんだまま、だれかがつぶやいた。

「まさか……」

「きゃー！」

全員、おはしを投げ出して立ち上がった。

「みんな離れて、窓からできるだけ離れて、いま、一一〇番するからね！」

リーダーの小夜子おばさんが、すばやく布バッグを引き寄せてスマホを取り出した。

「ひっ、ひゃく、とう、ばん、あ、出た。いま、なんか出没しています！」

「そうです。例のクマさんです、あのう、はい、そうです。サングラスしてます。きっとどこかで同じようなサングラスを調達したんでしょう。あの格好です」

少し鼻に落ちかけたサングラスからクマさんの茶色い目がのぞいている。

みんなは台所の方へ避難を始めた。クマさんは、不審そうに顔を傾けて、それでもサングラスからはみだした目でおどけてニコニコしている。女の子はそれがおかしいのか、ふわふわの柔らかな前髪を窓辺に寄せて、ふふふとほほえんだ。

あたしは、走り寄って女の子を抱き上げた。

その子のお母さんが「こっちへ来て！　早く！」と叫んだ。

ミッちゃんは顔面蒼白だ。

「あたしたちの紙芝居に、クマさんが怒ったぁ？」

「そんなんじゃないよ、ばか！」

「なによー！」

「ちょっちょっと、あんたたち、しっかりして。落ち着いて、ほら！」

うーん、あたしたちは、どうしたらいいかわからなかった。


ちょうどその一時間前、町の中心部にある警察署の前を一〇人ほどのおまわりさんや鉄砲を胸に抱えた三人の猟友会のメンバーがパトカー三台で出発していた。いつもの警戒パトロールなのでのんびりだった。この日は土手のそばまで行って散らばり、河原のアシや付近の草ぼうぼうの原っぱにクマが来た様子はないか、ていねいに調べるつもりだった。

現場に到着すると、さっそく無線のテストを始めた。

「テスト、テスト、聞こえますか？」

シャツの襟元あたりに取り付けてある無線用の小さなマイクに向かって話す。

「OK、いつも通り、クマの足跡などの発見に努めるように！」

全員がいっせいに「りょーかい！」と応答し、歩き出した。

警戒チームのリーダーは、まゆ毛の太い捜査課長さん。腕の腕章に「捜査課長」とあるからすぐにわかる。猟友会のメンバーは、あたりを見回しながら、万が一の場合に鉄砲の弾がおまわりさんたちに当たらないよう位置を連絡し合って歩いていた。

そのとき、みんなの耳元に無線を通じて若いおまわりさんの声が飛び込んで来た。

「こちら警戒班。なんか前方の家のそばに、黒いかたまりがいます」

「すぐにカクニンせよ！」

「わっ、クマのようです。見つけました。来ていますよ！」

そのとき町の警察署からも、ほぼ同時に、捜査課長の耳元に連絡が入った。

「こちら町の警察署。緊急連絡！　クマ出没！　たったいま、土手の近くの『子ども食堂』実施中の家から一一〇番通報あり！　そちらに向かえ！」

「りょうーかいしました。こちらでもたったいま、クマを確認したところです！」

「りょうーかい。駆除、捕獲の心構えで、注意して、進め！」

リーダーの捜査課長は全員に伝えた。

「家からも通報があった。ゆっくりと近づけ！」

一気に緊張が走った。


クマさんは、なんだか心持ち、顔を窓ガラスから離した。

風は土手の上流の方から吹いていて、草や木の匂いくらいしかしなかった。曇り空で、遠くの山は暗い青に沈んでいる。風の音が少しだけする。そのなかになにか汗臭いようなものが混じっているような気がした。なんかヘンだ、とクマさんは踏み台にしていた窓際の木の箱から片足を下ろした。クマさんは視力もいいし、耳も鼻も利く。

遠くで犬の鳴き声がした。土手のそばに犬の訓練所があって、警察犬も訓練している。

〈まさか、犬は出てこないよな……〉

クマさんは、すこし気弱になったみたいだ。もともとクマという動物は気が弱く、めんどうくさいトラブルはいやなのだ。

〈帰ろかな……〉

あたしにはクマさんの声が、その気持ちが、はっきりと聞こえた。

近くにいるから小さなつぶやきでも聞こえるんだ。

そのとき、あたしの手から離れた女の子が、隣の部屋に駆け込み、画用紙を引っ張り出すと、マジックで大きく字を書いた。その紙を窓まで持ってきて、サングラスのおじさんによく見えるように、ガラスにピッタリくっつけて紙を見せた。

かしがったり、ひしゃげたりした「ひらがな」ばっかの文章だ。

「くまさんこないで　くるところされる」

〈うん？　来るところ？　じゃない。来ると殺される、だぁー！〉

クマさんは、びっくりした。

「ガウオー」と叫んだのか、大きな口を開けた。


近くの原っぱでじりじりしたおまわりさんたちがひそひそと無線交信していた。

「やばいですよ、撃ちましょう！　捜査課長！」

「いや、まず威嚇だ。脅しに空に向けて一発！　それで逃げるだろう」

「でも、へたに脅かすのはキケンです」

「課長！　家の中には子どもがいます。この間のショッピングセンターみたいに窓をぶち割って暴れられたら大変です。一刻も早く、撃つしかありません！」

「せっかく名誉町民第一号になるかも知れないっていうクマを、撃てるかね？」

「でも、子どもたちにけがをさせたら、それどころじゃないですよ。なにもかもフイだ。あのクマはもうお仕舞いなんです。バカだから」

「まったくだ。こんなところに出てさえ来なければ、家の窓をのぞくなんてことさえしなければ、おとなしく山に帰ってさえいれば、名誉町民だったのに！　あのクマはなにをやっているんだ。さっさと山に帰ってくれればいいものを、わかんないクマだなー」

捜査課長がイライラしながら、ついに決意しました。

「仕方ない。ズドンと一発、猟友会さん、お願いします。かわいそうに、法律に基づく危険動物の駆除命令！　一発で仕留めてください。手負いになると、ヤバイです」

「いつでもいいです」

「安全に注意して、あとはお任せします」

「あっ、危ない！　口を開けた！　襲われるぞー！」

その瞬間、大きな音が、短い間隔で二度。

バーン！　バーン！

カキーン、ヒューイ！

ドサッ！

しばらくして、ゴソッ、ユサッ、サッサッサー！

最初の一発目がクマさんの顔のあたりに命中したはずだった。

ところが、驚いたことにクマさんはドサッと倒れたあと、立ち上がった。

恐るべき偶然か、はたまた信じられない超絶技巧か、命中したはずの鉄砲の弾は、なんとクマさんの前歯の二本の大きな牙の間にはさまって、止まっていた。

目にもとまらぬ鉄砲の弾をクマさんが大きな牙で「ガチッ」と嚙んで止めたのか、それとも「だぁーっ」と叫んで口を閉じたその瞬間に、鉄砲の弾の方が自分からクマさんの牙の間に「カキーン」とはさまったのか、だれにもそれはわからない。

いずれにせよ、その衝撃でクマさんは木の台から転げて尻もちをついたけれど、すぐに立ち上がって、おまわりさんたちの方を向いて、「ペッ」と血の混じった「唾」を吐き出した。外れた二発目の弾がクマさんの体から散らした二、三本の毛が宙に舞う。

「おおっ！」

原っぱに動揺と衝撃が走った。

こうなるとクマさんがどういう反撃をするのか、それが恐ろしい！

地面にはクマさんが吐き出した鉄砲の弾と折れた牙が、ほとばしった赤い血とともにひとかたまりの血のりとなって落ちていた。

おまわりさんたちは凍りついた。

クマさんは、ものすごく怖い顔になった。

でもすぐに、なぜか不思議なことに、全身で悲しそうな苦しみに身もだえした。

そして一瞬のまばたきの間に、猛然とダッシュし、原っぱを転げるように突っ切ったかと思うと、あっという間に土手に駆け上がり、アシ原にバキバキとからだごと突っ込んで、まるでお城のサムライたちから逃げ出す忍者みたいに、走りに走り、するとアシ原は風が渡るように、ザザーッ、ザザーッとクマさんの後を追って右に左に揺れ動き、上流の方へとひとしきり動いて、それからシーンとなった。

おまわりさんたちは、ただ口を開けてぽかーんとしているだけだった。

二、悲劇は思わぬ形で

クマさんが目の前で撃たれてすぐ、部屋の中にいたあたしの頭の中に夏の稲妻みたいにクマさんのうめき声が飛び込んできた。

〈やだからな！　こんなところで殺されるのは、やだからな！　なんでこんな仕打ちを、そうか、そうなのか。オレ様がクマだからなんだな、母ちゃんも、クマだからっていうだけの理由で、追い回されて殺されたんだな！　なんてこった！　母ちゃん！　なんでオレ様たち、クマに生まれたんかなー。オレ様、悲しいー！〉

あたしは耳を両手で塞いでうずくまった。

ミッちゃんはそばに立ったまま、

「驚いたね、恐いねー」とつぶやくと、あたしの肩の肉をギュッとつまんでいた。

「いたーい」とあたし。

「あっ、ごめーん」とミッちゃん。

きっとクマさんの涙は風にちぎれて、アシ原の中にぶっ飛んでいったことだろう。

　その「逃走中」のクマさんが二日後、山の崖っぷちの森の外れで、ばったりと猟友会の男の人に出会ったのは、さらに不運としか言いようがない。

　クマさんは森の崖の大きな岩の上で口を斜めに開いて、冷たい空気をヒーヒー吸っては、折れている牙のあたりがジンジンするのをがまんしていたらしい。

　その後ろ姿を、ぽっかり空いた崖の手前の森から見ていた男の人が、てっきりニンゲンだと思って声をかけようと近づいて、こう言うのが聞こえたというのだ。

「母ちゃん、どういうことなんだろう。オレ様には、わからない。ヒー、オレ様、鉄砲で撃たれる、ヒー、なんて、驚いたなっす。女の子もびっくりしたかなー。ごめんね。みんなオレ様がオレ様だったこと、つまりクマだったたってことがいけなかったんだろな。

　あのさ、五〇円ならさ、あのカバンにあったんだよね。朝市で山の甘いアケビとかクリのいがぐりとかクルミとか、真っ白なミズバショウの花とかフキとか、沢に生えるセリなんか、山の川にいるヤマメまで『何でも好きなだけひと山一〇〇円』で売ってたんだよね。そしたら千円札を置いていくニンゲンもいてさ、それでオレ様の財布はザックザク。だから、あとでカバン、警察に返してもらって、それで払うから、オレ様も一緒に食べたいです。うまそうな匂いがしていたし、それだけだす。なのに、追っ払われちゃうって、どうしてダメだすか？　オレ様だと、どうしてダメだすか？」

　男の人は、なんのことかわからなかったが、びっくりした。

　クマが座っている崖の上からは、遠く折り重なって続く山々が青く見えた。一つの山の向こうにまた山があり、その向こうにまた山がある。そうやってずーっと遠くまで山だけが波のように続いていて、その先のどこかにうっすらと町がある。そしてその先に海があるはずだった。山の緑の中に見える茶色い砂利道を営林署のトラックが通っていった。

　森の上にはダイコンの薄切りみたいな昼間のお月さんが顔を出している。

　えっへん、とクマさん、今度は自分で自分を元気づけるように笑っている。

「ぐびぐび、鉄砲の弾を受け止めるなんてさ、オレ様、偉いわー！　ほんと、二度も逃げ出せるなんて、やったぜ、クマ様！　あんたは偉い！」

　それから急に、落ち込んだみたいに背中を丸めてつぶやいたという。

「一〇億円って、積み上げるとどのくらいの高さになるのかなー。見てみたかったすなあ。いやいや、オレ様、充実感、感じてるっす。未練はないっす、ほんとだす」

　それからまたこんなこともくどくどとつぶやいた。

「それにしてもさ、思えばニンゲンと一緒にいるクマってかわいそうだよね。たとえばサーカスのクマは、どうしてあんなふうにムチに耐えて芸ができるんだろう。『クマ牧場』のクマは、どうして鉄格子とコンクリートの中を一日中、ぐるぐる歩き回っていられるんだろう。光にあふれる森なら自由なのに、クマは自由なのに！

　そもそも縄文時代より昔からだろ、ニンゲンがクマを狩りの獲物にしたのは。でも、それはニンゲンの勝手だろ。クマにとっては迷惑だす。命が奪われるおそろしいことだす。

　クマはニンゲンに見つかってしまったら、もう命を差し出すしかないんだろか？

　殺されるために、森に生まれてきたんだろか？

　町にさえやって来なければ、オレ様たち、許してもらえるの？

　森には最近、あんまし食べ物ないし、腹へるし、どうしていろんな実のなる木がなくなったの？　真っ暗な森ばかりで、生きものたちはだれもいない。クマにも幸せに生きる権利はあると思う。昔みたいな森を返してくれよ、ぐびぐび、クマが幸せな森ならさ、きっとドングリもいっぱいあって、どんな生きものにも幸せだと思うんだけど。

　はあ……なんか切ないー」

クマさんはだれにでも聞こえる声でこうした意味不明のことをグチってしまうと、しばらくして満足したのか、ふいっと風の匂いをかぐように立ち上がり、くるりと向きを変え、運悪く、男の人のいる森の方へ、なにも気づかずにササッと向かってきたのだという。まるで学校の廊下の角で下級生と出会い頭に頭をぶっつけそうになるみたいだった。森から出ようとしていた男の人と、森に入ろうとしたクマさんがばったり出会った。

クマさんは、ワッーと言って、ブレーキをかけようと両手をあげた。

男の人は、ウオーっと言って、手にしていた鉄砲を正面に構えて身を守ろうとした。

自然に、引き金を引いてしまっていたというのだ。

バーン。

ドドッと前のめりになって、男の人の横にクマさんは倒れた。

男の人は猟友会の人で、三人のグループで山に入っていた。

仲間が集まってきた。一人がクマさんの体を仰向けに転がした。

茶色の目から、涙がひと筋、こぼれた。

胸の真っ白いハート模様に赤い血がにじんでいた。

「ああ、まさか！　あのクマだなんて思わなかったんだ。目の前に、黒いかたまりと白い模様が見えて、思わずそれを目印に撃っちまったんだ……」

「こんなところにいるなんてな……」

「なにしてたんだろ。かわいそうに。一〇億円、ありがとうよ」

三人は、手を合わせて供養した。

「こいつは、はく製にして、残してやろう。町役場に連絡しよう」

第五章　エピローグ・除幕式

　あれから一年たって、あたしたちは中学生になった。

　海辺の松林が廊下の窓から見える中学校に毎朝、自転車で通っている。

　ミッちゃんは演劇部に入り、シナリオライターを目指すという。ファンタジーな舞台で世界を変えるの！　と宣言した。

「クマが主役よ！　クマは苦難の象徴だから！」

　ミッちゃんはよくあたしに「るみの方が想像力があると思うよ」って言う。

「だって、クマさんの声が聞こえたんでしょ？」

　そうだけど、あたしはいまも、それがどういうことなのかよくわからない。どうしてクマさんの声が聞こえたのか、それはあたしになにか役割があるってこと？

　それともクマさん、あたしになぐさめてほしかっただけ？

一年たって、あのクマさんの「はく製」ができて、「除幕式」が開かれることになり、あたしとミッちゃん、クマさんの弁護士さんはセレモニーに招待された。

会場は町役場の一階ロビー。三階からも見える吹き抜けになったモザイクタイルの壁の一画に、空色の幕がかぶされた大きなガラスケースが運び込まれていた。

その手前に「テープカット」する赤ジュータンの段、それを待つ町長さんや大人たち、招待された小学校や中学校の子どもたちの椅子がぐるりと並べられていた。

新聞記者やカメラマンたちがざわざわとセレモニーが始まるのを待っている。

会場で配られた資料には、クマさんのはく製の費用を町が援助したこと（きっとあの子ども応援事業のお金からかなあ）、署名活動で集めた分厚い署名簿が町長さんに届けられ、町の議員さんたちも賛成し、この日が迎えられたことなどが書かれていた。

「では、テープカットされる方はどうぞ、前に出てください」と役場の女性職員がマイクで案内した。あたしたちも町長さんと並んで赤い段に上がると、職員が白い手袋を一人ずつ渡してくれて、その手袋でお盆に並べられた金色のハサミを手に取った。

「では、テープカットです。どうぞ！」

小学生のブラスバンドが「森のくまさん」の曲を演奏しだした。

すごく軽快だ。子どもたちが歌い出した。

あるひもりのなか
くまさんにであった
はなさくもりのみち
くまさんにであった

くまさんのいうことにゃ
おじょうさんおにげなさい
スタコラサッサッサのサ
スタコラサッサッサのサ

童謡「森のくまさん」（訳詞・馬場祥弘）より。

思わずハサミを落としそうになった。
だって、あんましぴったりだったから。

名誉町民第一号
くまさんはく製除幕

「では、どうぞ」

赤と白のテープを手に持って、ハサミでカットした。拍手がわいた。

市役所を訪れた人や除幕式を見に来た人、子どもたち、役場の職員たちが鈴なりになって階段や吹き抜けの窓から顔を出し、ロビーはたくさんの市民たちで埋まっていた。

リズミカルな歌声とブラスバンドの演奏と拍手がロビーに響いた。

小さな女の子が空色の布を引っ張って、除幕した。

大きなガラスケースの中に、あのクマさんがおなかを突き出して立っていた。斜めにカバンをかけている。木のツルで編んだ、一〇億円の宝くじ券が入っていたあのカバンだ。

なぜか懐かしかった。茶色い瞳が、笑っていたから。

ちょっと、じーんとした。

ガラスケースには「このクマさんのこと」と書かれた説明のパネルもあった。

QRコードもついている。スマホで読み取ると、アニメでクマさんのことがわかる。

ケースの横に、もう一つ、銘板が立っていた。白い布が取られた。

そこにはこんな文字が、くっきりと記されていた。

「町の『名誉町民第一号』になったクマさん」

帰り際、あたしは弁護士さんに、クマさんの声が聞こえたってことを話してみた。

「へー、そうですか。それはきっと心がやさしいってことでしょう。きっとほかの動物たちの声も、いつか聞こえるようになるよ。想像力が豊かなんだよね、あなたはさ。まあ、ぼくにだって聞こえた瞬間はありましたよ」と言うと、クスクスと笑った。

そうなのか、そういうことだったのか、なんだか気が楽になった。

町役場の玄関まで行くと、町長さんが追いかけてきた。

「イヤー、キミたち、ありがとう！　キミたちが中学生のセーラー服姿で出席してくれて良かったよ。除幕式が華やいだし、なにより『子どもたちが主役』というわが町の町おこしにピッタリ、効果てきめんだ。これからも頼むよ！」

町長さんはニコニコ満面の笑みであたしとミッちゃんの肩をたたいた。あたしは、なんかよくわからないなって思ったけど、首を傾けてかわいらしくうなずいた。

〈クマさん、スタコラサッサと逃げ出すのはクマさんの方だったよ。でも、ほんとはこの町の人たち、気のいい人たちかもしれないよ……。
ごめんね。そして、ありがとう〉

つけたしながら後日談を記すと——。

このお話は、子どもたちの著名運動で町がクマを名誉町民第一号にしたという前代未聞のできごとだったので、全国のテレビやインターネットで放映され、「動物と友だちになれる自然豊かな町」を掲げる町は、町長さんの期待通り、「クマさんのはく製」を見に来る人や「宝くじ当選の縁起」にあやかろうという人たちで大にぎわい。その観光効果は年間一億円、一〇年後には一〇億円を軽く上回るだろうと試算されている。

クマさんは町おこしのシンボルとなり、絵本や童話、紙芝居にもなって町の図書館はもとより、全国各地の子どもたちの図書館に贈られた。

そしてあたしたちは、ブナの森を守る募金や学習活動をしている。

あたしとミッちゃんは中学校に入ってクラスは変わったけど、いまも親友だ。

きっと一生、親友だと思う。

（終わり）

みなさんへ　あとがき

この本を読んでくれてありがとうございます。
みなさんのような子どもたちに「あはは」とよろこんでもらったらうれしいと思って書きました。それと、この物語はＡＲ（拡張現実）の手法で描かれています。つまり現実の町の風景のなかにクマさんや物語の中の町の人たちの姿が重なって動いているのです。

「宝くじ売り場のおねえさん」も「安国寺通り」も「笹団子」も「翁飴」も現実の町にあります。たくさんのレールがうねっている駅の構内が見下ろせる「跨線橋」も、その頂上に咲く「桜の木」も、そうそう、山の高原に実る真っ赤な「高原トマト」もあります。

ですからもし、この物語の世界を歩いてみたいなと思えば、この町にやって来て、「ああ、クマさんはここで大暴れしたのか」なんていう体験ができます。

みなさんにはぜひ、海のある雪国の砂丘の町に来てほしいです。もちろん、めったなことではほんとうのクマさんなんて出没しませんから、どうぞご安心ください。ぼくはクマさんのことを書きながら、だんだん熱中してきて、不思議なことに、ある日、突然、このクマさんはぼく自身だあー、と思うようになりました。

どうしてそう思うようになったのかわかりませんが、登場人物の「るみちゃん」がクマの心のなかの叫び声が聞こえたように、ぼくは自分がクマさんになっている、と思ったのです。そして、ずっと自分が思っていた願いや望みをストーリーに込めました。

一〇億円をクマさんが子どもたちのために寄付しちゃえと思ったのは、ぼく自身の思いです。ほんとうのクマさんがそういうふうに思うかどうかはわかりません。もしかしたらだれにもやらず、ウッシッシと森の洞穴のなかで一万円札の札束を抱きしめながら、なんに使おうかなーって思ったり、こんなに山のようにあるのに札束はちっとも温かくないなー、と首を傾げて春まで冬眠しているかも知れません。

でも、そうじゃなくて、自分の楽しみのためじゃなくて、みんなのためにその幸運を役立てよう、子どもたちのためにどんと寄付してやろう、なんていう夢みたいなことがあってほしいなーとぼくは思いました。だって一〇億円もあったらそれ以上のすばらしい使い道なんてほかに考えつかないじゃないですか。

もちろんそうしたことはクマさんでなくともどこかの大金持ちでもいいのです。大リーガーの大谷翔平さんが日本全国の小学校にグローブを寄付し、「野球しようぜ！」って呼びかけたすごくすてきなことが最近ありましたね。なら、人間に殺されてしまうクマさんだって、チャンスがあればそういうプレゼントをすることだってできるさ、そういう純な心が動物にだってあるんだと、ぼくは言いたかったのです。

ぼくの両親は田舎の貧しい小さな和菓子店を営んでいましたが、ぼくが生まれる前からネコが好きで、わが家はずっとネコと一緒に暮らしていました。だからぼくにはネコの気持ちがわかるのです。大人になって転勤族になってからも、転勤先の先々でノラネコを飼い、計五匹のネコたちと四〇年間も一緒に暮らしました。

だから童話の中のクマさんの声も、ぼくには聞こえたのです。クマさんが、いいよ、子どもたちに寄付すっぺ！　と言う声がすーっと聞こえてきたのです。そのお金で人間の大人たちが知恵を絞って子どもたちのために思いつく限りの応援をする、そんなすてきなことがあったらどんなにうれしいか。そう思って、夢中になってこの物語を書いていったのです。もちろん、クマさんがいろんなところに出没するのを空想しては楽しみました。

すぐに「きゃー」と悲鳴を上げるおばさんたちや凍りついて身動きできない高校生のカップルとかを空想して、とても楽しかったです。でも、クマは恐ろしいし、こわいし、実際に目の前で出会ってしまったら恐怖で心臓がパクパクして、ああ、クマに襲われてここで死んでしまうんだろうか、やだーっと絶望的な気持ちになるでしょう。

でも、物語のなかでは、あははと笑って楽しみました。

ですからみなさんも笑ってほしいのです。でもほんとうのクマは危険なので十分注意してください。それとクマに出くわさない知恵をみんなで考えてほしいと思います。

もうひとつ、ぼくが言いたかったことは、こういうことです。

人の命は地球より重たい大切なものです。でも、いのちというならクマのいのちも同じじゃないでしょうか。クマだって殺されたくないし、できたら森に帰りたいだろうし、おいしい食べ物をたらふく食べたいと思っているでしょう。でもその食べ物がないからうろうろ町にまで出てきて、おいしい柿の実を食べたり、いい匂いのする人間たちの食べ残しのゴミをゴミ箱からあさったり、ときには家の中まで入り込んで冷蔵庫を開けてみたりする、そんなことが起きているのではないでしょうか。

そして人間と出くわしたクマは、人間がこわいから早く逃げたい、そう思っているに違いないのです。こわいから人間を攻撃して自分や子グマを守ろうとするのです。

ぼくは、なんか悲しいな、いつもそう思ってテレビのニュースを見ていました。

だからただおもしろいだけの空想の物語にはしたくなかったのです。

クマさんの心の中の悲しみを想像してみよう、思いやってみよう、クマだって泣いているかもしれない、いやだよー、人間がこわいよー、って叫んでいるかもしれない。

あるとき、インターネットでクマのことを調べていたら、森のクマの保護を訴えている人たちに対して、見下した言葉を投げつけるハンターたちの書き込みを見ました。憎しみに満ちた言葉でクマのいのちを保護しようという人たちをあざ笑っていました。

人間は牛や豚や魚や鳥を殺して食べて生きていますが、クマも人間にとっては狩猟動物のひとつとはいえ、そんなに軽蔑されたあつかいで殺されていいのだろうか、と憤りを覚えたのです。最近は植物にだって意思があるかもしれないという生物学的な研究が注目を浴びています。残酷な料理の仕方については、一部の生きものについて、食べられてしまうその苦痛をできるかぎり避けるべきだという思潮が世界的に巻き起こっています。

つまり動物にだって心はあるぞ、ということに、これまでみたいにただの空想ではなく、ほんとうのこととして人間が気づき始めた、そういうことかも知れません。

どこまでも真っ直ぐ歩いていくクマとか、山のクマの生態の話は、ぼくが秋田県で実際にマタギ猟師（ずっと昔からクマ猟をする山の猟師たち）から聞いた話です。役場の女子職員がクマの赤ちゃんを家に連れて帰って一緒の布団で寝たりして育てたという話も実際にあったほんとうのことです。どんな野獣も猛獣も、赤ちゃんの時はかわいいけど、大きくなると危険になっていきますね。それって、ひょっとすると人間の子どもも同じかも知れません。でも、この本を読んでくれたみなさんはきっとそういうことはないでしょう。

最近ではクマと人間との、とりわけ町に出てくるようになった、いわゆるアーバンベア（出没するクマたち）対策が大きな問題になっています。クマと人間の棲み分け、つまり暮らす場所をお互いに別々にして、あまり出っくわさないようにする、ためにはいろんな人たちの協力や努力が必要です。どういう方法が人間のいのちを守り、クマのいのちも助ける方法なのか、人間の知恵が試されています。

　もし、クマを見つけたら殺してしまえというような乱暴な議論がまかり通ったら、クマはやがて絶滅するでしょう。そうなったらもうクマの毛皮は手に入らないし、山桜の実を食べていろんなところにうんちをして山桜の花を咲かせてきた春の山の美しい風景も変わるでしょう。北極のシロクマのように絶滅に向かってしまうのです。

　人間が地球を温暖化し、そのせいで北極の氷が溶けて、氷の上で暮らすシロクマは獲物を捕れずに餓死してしまう。それでいいのでしょうか。

　クマが町に出没してくるのを防ぐためには、森を残し、豊かな森をつくることが必要なのかも知れません。そういうことを考えるきっかけになったらと思って、クマの心の中を想像して、人間みたいに書きました。だって人間にはそれしか、つまり人間の言葉でクマの心の中の叫びや、ぼやきを翻訳して記すしかできないからです。

　だれかクマ語を話せる人がいて、クマのようにクマ語を使える人がいたら、その人だけがただ一人、クマのほんとうの気持ちのわかる人になるでしょう。でも、それではほかの人にはちっともわからない。それでこういう物語になりました。

　これが「クマが人間としゃべられた秘密」です。

ではみなさん、読んでくれて、ありがとう。

大人にもぜひ読んでほしいので、お父さんやお母さんにも勧めてください。

最後に、ステキな装丁とかわいらしい挿絵でこの本をとても愛らしい本にしていただいたイラストレーターで絵本作家のアンヴィル奈宝子さんに心いっぱいの感謝とお礼を申し上げます。

また、この物語を本にするという大決断をしていただいた鳥影社社長の百瀬精一さんに心からの尊敬を込めてお礼を申し上げます。

藤　あきら

二〇二四年　一〇月　直江津にて

〈著者紹介〉

藤(ふじ)　あきら（本名・内藤 章）

1949年上越市（直江津）生まれ。元・朝日新聞記者。

秋田・大館、佐渡、鎌倉、福島・郡山、埼玉・熊谷などに勤務の後、09年定年退職。

著書に、越後に残る親鸞伝説を追った『親鸞　越後の風景』（新潟出版文化賞優秀賞、考古堂書店、2011年）、70年代の学園紛争から生まれた少年少女の革命をめぐるメルヘン『悲しみをこめて突撃せよ』（同時代社、2013年）、ふるさとの子ども時代を団塊の世代が生き生きと描いた『昭和キッズ物語』（鳥影社、2018年）などがある。

クマさんと宝(たから)くじ

2025年3月21日初版第1刷発行
作　藤あきら
絵　アンヴィル奈宝子
発行者　百瀬精一
発行所　鳥影社（www.choeisha.com）
〒160-0023 東京都新宿区西新宿3-5-12 トーカン新宿7F
電話 03-5948-6470, FAX 0120-586-771
〒392-0012 長野県諏訪市四賀 229-1（本社・編集室）
電話 0266-53-2903, FAX 0266-58-6771
印刷・製本　シナノ印刷

ISBN978-4-86782-147-3 C8093
JASRAC 出2500721-501